DES RIVES

Bruno Pachent

ISBN:2954460202
ISBN-13:9782954460208

à mes parents

1

Lameroo Beach

Il y a bien des familles qui fleurissent un bord de route parce que l'un des leurs y est mort. Nous, c'est pour célébrer le retour de mon frère parmi les vivants que nous couvrons ce matin la grève de Darwin d'orchidées jaunes et blanches. En se dispersant entre le sable et l'écume grisâtres, elles mettent un peu d'allégresse dans le panorama maussade de Lameroo Beach.

Le regard campé dans l'horizon confus du printemps austral, ma mère se tient droite face à la Mer de Timor, un brin solennelle.

Pierre, mon frère, a posé sa main gauche sur l'épaule affaissée de notre père. Je parierais que leurs esprits subissent la même attraction, irrésistible, qu'ils jouent tous deux à prédire la trajectoire d'une fleur tiraillée par les forces contraires des vagues et du vent tiède venu du bush.

Qu'est ce qu'ils se ressemblent, ces deux là ! La même fascination enfantine pour les éléments, l'eau, le vent, leur mécanique, leur mathématique absconse. Le même goût des énigmes impénétrables.

Sans-doute Pierre devine-t-il aussi, plusieurs centaines de milles au delà des brumes opaques du littoral australien, l'archipel indonésien et le détroit de Malacca où sa vie a basculé il y a deux ans.

La mer est presque calme.

Cette plage déserte, sans grâce particulière, nous est tellement chère. Ici, dans les tourbillons d'une brise furieuse, dans les lueurs froides des gyrophares d'ambulance, un hélicoptère gris et blanc de la Royal Australian Navy nous a rendu mon frère au matin du 31 mai 2008. Bien plus que des retrouvailles, ce fut pour nous une résurrection.

Allongé sur une civière, aux trois quarts emballé dans un sac d'aluminium, Pierre était alors méconnaissable. Son visage osseux avait presque disparu sous une forêt impénétrable de cheveux gras et de longs poils de barbe agglutinés par le sel. Mais il nous a suffi de saisir un bref instant son regard clair pour espérer que les dernières épreuves l'aient, enfin, vraiment ramené à nous.

A l'évidence, Pierre n'était pas seulement affaibli ; il avait aussi retrouvé la paix. Dans ses yeux ne subsistait plus une trace de haine, de cette rancœur incontrôlable qui l'avait transformé en bête sauvage, de la folie qui l'a trop longtemps séparé de nous, de ses amis, de ses passions.

Son mal l'a quitté, en même temps que ses dernières forces. Toute sa colère s'en est allée, évacuant par chaque plaie un corps trop abîmé pour l'assouvir encore. Mon frère revenait enfin à lui, à nous. Il nous revenait tel qu'il était avant. Avant la mort d'Erick Blade.

Les plaies ne comptaient pas. Elles se refermeraient.

Erick Blade était bien plus qu'un skipper pour Pierre. Dire que Pierre l'admirait ne suffirait pas. Il l'admirait, certes, mais pas comme on idolâtre un être lointain, inaccessible. Il l'admirait comme on prend pour modèle un parent, un oncle facétieux ou un grand-père qui vous prend sous son aile. Il admirait Erick pour ses exploits passés, pour les trophées prestigieux qu'il avait conquis - et qu'il confinait modestement au fond d'une vieille armoire vermoulue. Il l'admirait plus encore pour son acharnement généreux à partager avec ses équipiers une immense science de la mer et un plaisir intarissable de la parcourir.

Mon frère lui était infiniment reconnaissant de l'avoir embarqué pour la Sydney-Hobart de 2001. Son palmarès était alors maigre. Mais le navigateur australien savait déceler les talents en devenir ; il avait surtout une habileté rare à les faire éclore, et à les mûrir.

Ensemble, ils ont gagné cette course mythique, la Sydney-Hobart. Et, bien plus précieux encore, Pierre y a conquis sa place parmi l'équipage permanent d'Ellister3, le bateau le plus emblématique d'Erick Blade, sans aucun doute le meilleur multicoque de course au large cette année-là.

Les maladresses de mon frère lors de la grande classique australienne n'ont pas suffi à éclipser des efforts obstinés à la manœuvre et une détermination hors du commun à mériter sa place.

Avec nous, Pierre parlait peu de son métier, de ses compétitions, presque jamais de son skipper. Derrière sa pudeur et ses paroles rares transpiraient la fierté d'avoir été choisi, presque adopté, par l'un des plus grands marins de son époque, l'exaltation de faire partie du clan Blade, prisé de tous les jeunes équipiers de la planète. Il éprouvait une gêne à évoquer avec nous cette deuxième famille trouvée aux antipodes, si loin de ses racines mais tellement plus proche de ses aspirations. Rarement, dans le feu d'un apéritif ou d'un dîner joyeux, il se laissait aller à dévoiler un peu ses sentiments. Il s'envolait alors vers le Pacifique, électrisé, les pupilles dilatées, avant de revenir brusquement à nous, l'air coupable, comme honteux d'avoir confié sa sujétion à une secte étrange, clandestine, dont nous ne pouvions rien comprendre. Ou peut-être répugnait-il seulement à nous jeter à la face un bonheur que nous aurions pu considérer comme une trahison. Je le vois encore détourner son regard embarrassé lorsqu'il devait prononcer le nom de son gourou australien devant un père qui avait été si longtemps son unique modèle. Celui-ci ne craignait pourtant pas la concurrence : plus que quiconque, il se réjouissait que les activités nautiques de Pierre, après des années de précarité, de galères, de doute, pussent enfin s'exercer dans un cadre solide et plein de promesses. Il était à l'évidence bien plus admiratif que jaloux des amitiés et des succès, si durement gagnés, de son fils. Nous en étions tous comblés.

Malgré ses efforts, mon frère avait donc échoué à nous dissimuler son attachement à sa nouvelle tribu, dont le grand chef lui offrait tout à la fois une connivence quasi paternelle – affectueuse, autant qu'exigeante – et les moyens de satisfaire sa ferveur de la course au large. Ce qui nous avait échappé en revanche, c'est à quel point cette lointaine famille lui était devenue vitale. A quel point Pierre en était dépendant. A quel point son existence, ses projets, ses espoirs en étaient indissociables désormais. Nous l'ignorions encore le jour où cette dépêche glaciale inonda tous les écrans du monde :

Le navigateur australien Erick Blade est mort près des côtes indonésiennes à bord de son trimaran Ellister4, au cours de l'assaut d'un groupe de pirates. Aucune autre victime n'est à déplorer parmi son équipage.

Mes parents avaient alors dû remuer ciel et mer durant des heures avant de décrocher du Quai d'Orsay une confirmation indiscutable que leur fils, injoignable par nos propres moyens, était sauf. C'était leur première incursion dans les arcanes du Ministère Français des Affaires Etrangères. Ils ne se doutaient pas que bien d'autres suivraient.

Nous devinions mon frère choqué, abattu. Mais il était en bonne santé. Rien n'avait à cet instant plus d'importance. Nous étions sûrs qu'il saurait faire face, rebondir. Comme toujours. Sûrs qu'il saurait tirer profit de sa précieuse expérience australienne pour trouver, après l'inévitable deuil, un autre équipage de premier plan. Pour embrasser de nouvelles ambitions. Nous pouvions avoir confiance dans la légendaire solidarité du réseau des marins, dont il était devenu en deux ou trois saisons un membre estimable. Peut-être même Pierre poserait-il enfin ses maigres valises sur un rivage de France, qui sait ? Ma mère en rêvait déjà à voix haute.

Nous l'attendions sereins.

Erick est mort le cinq mai 2006, il y a un peu plus de

quatre ans.

Tout au fond de la baie d'Avu, au Nord-Ouest du détroit de Malacca, la nuit était moite, et silencieuse. Au long de la semaine écoulée, l'équipage avait appareillé d'Auckland, en Nouvelle-Zélande, contourné l'Australie par l'Ouest sur un océan indien furieux, doublé les minuscules îles Cocos puis la pointe Nord de Sumatra jusqu'à cette escale paisible. Pierre, harassé comme les autres équipiers, était lourdement assoupi dans sa couchette quand les pirates se sont glissés à bord.

Assis à la table à cartes depuis peu, Erick Blade mettait à profit son insomnie chronique pour préparer la route du lendemain. Il perçut un clapot inhabituel, suivi d'un long craquement ; interrompit un bref instant ses calculs ; dirigea machinalement son regard vers un panneau de pont ouvert sur l'obscurité ; se replongea dans ses cartes. Un nouveau grognement, sourd, incertain, traversa le rouf de la coque centrale. Erick empoigna alors une main courante, se déploya posément pour gagner le cockpit, l'esprit serein et, sans doute, toujours concentré sur ses projets de navigation ; le mouillage qu'il avait déniché était bien abrité de la houle et la vitesse du vent n'y excédait pas quatre à six nœuds ; il n'avait aucune raison d'être inquiet.

C'est à peu près tout ce qu'il eut le temps de murmurer à mon frère, réservant ses derniers souffles à des adieux pathétiques destinés à sa famille, à ses deux filles, Emily et Louise, surtout.

La stature imposante d'Erick et sa figure anguleuse de chasseur de crocodiles, à peine adoucie par une épaisse moustache, ont sans doute concouru au geste de panique de l'un des assaillants. Le skipper n'avait pas encore gravi la moitié des marches étroites menant au cockpit qu'une lame d'acier s'enfonça dans sa poitrine. Un seul coup suffit à le vider de son sang en deux ou trois minutes. Lorsque Pierre et les autres membres de l'équipage se précipitèrent hors de leur couchette, sa lourde carcasse baignait déjà dans une marre noirâtre. Il avait l'air simplement stupéfait, une main pressée sur le cœur ; sa vie s'échappait à grosses gouttes entre ses doigts.

Les pirates se jetèrent à bord d'un dinghy miteux, n'emportant dans leur repli hâtif qu'un modeste réchaud à gaz qui traînait sous le bras de liaison bâbord. Ils s'y reprirent une bonne dizaine de fois pour démarrer leur moteur hors bord, avant de rejoindre, dans un nuage de fumée plus sombre que la nuit, le vieux chalutier qui les attendait tous feux éteints à une centaine de mètres.

Tout le temps qu'a duré leur fuite, l'équipage d'Ellister est resté figé, hagard, autour de son skipper. Pas la moindre réaction à bord. Pierre ne cessera de se le reprocher par la suite. Mais qu'aurait-il pu tenter au juste ?

Il y a seize mois, au bout de cette plage banale, deux brancardiers de l'armée australienne, visiblement mal réveillés, enfournaient étourdiment mon frère dans une ambulance civile.

Le fourgon, constellé de bandes jaunes fluorescentes et de damiers rouges, filait en trombe jusqu'à l'hôpital central de Darwin, dans des hurlements de tempête australe. Derrière lui, dans notre Nissan de location, nous étions soucieux des mauvaises nouvelles qui pourraient encore s'abattre sur nous, mais apaisés par ces retrouvailles tant attendues. Mais pleins de foi aussi dans notre intuition unanime : Pierre, le vrai Pierre, était de retour.

Quand nous le rejoignîmes dans sa chambre blafarde, il serra la main de ma mère des dernières forces qui lui restaient. Son regard croisait les nôtres, glissait sans cesse de l'un à l'autre, nous donnait tout ce que nous espérions recevoir. Il souriait et il pleurait. Nous étions tous les quatre en larme.

C'était il y a seize mois seulement. Personne ne soupçonnerait ce que nous avons vécu en nous voyant ainsi main dans la main sur Lameroo Beach. Une famille ordinaire, unie. Un goût probable pour les voyages originaux : on ne fait pas de tourisme ici en cette saison. Mais une famille soudée et sans histoire.

2

À Terre

Notre histoire… Les mois suivant l'assaut d'Ellister, elle aurait pu tourner cent fois à la tragédie. Cent fois. Ce qui nous en a préservé ? Je l'ignore. Peut-être les liens qui nous unissent ; peut-être tout simplement le hasard, la chance.

Après la mort d'Erick, Mon frère n'a rien laissé paraître de sa détresse, ou si peu. L'équipage au complet a été rapatrié à Sydney par avion au terme d'un jour d'interrogatoire confus au poste de police local, le bateau étant saisi pour les besoins de l'enquête.

Pierre n'a pas tardé à rejoindre Mahea, la femme d'Erick, pour la soutenir et l'aider à préparer les obsèques. Après des adieux poignants avec ses coéquipiers et une mauvaise nuit d'hôtel, il a pris le premier vol pour Cairns, ville côtière verdoyante du Queensland.

C'est là, derrière les larges baies vitrées d'une villa sans prétention, entre les hauts palmiers qui parcourent le jardin jusqu'à une vaste plage de sable blanc, que le couple et ses enfants, Emily et Louise, se retrouvaient le plus souvent. Plus qu'ailleurs, Mahea et son mari ont toujours été chez eux dans ce havre tropical où ils ont vécu toute leur jeunesse, elle après lui, à une bonne décennie de distance. Lors de ses rares moments à terre, et quand ses projets ne le retenaient pas dans le Sud, Erick préférait ordinairement cet endroit à son attachante mais austère maison des faubourgs de Sydney, héritée d'un grand-père patron de pêche.

Le navigateur repose désormais sur une colline de Cairns,

lui qui jurait qu'aucun homme ne mériterait jamais de souiller la mer de ses cendres.

Les photos parues dans les magazines montrent mon frère au premier rang de la procession funèbre, aux côtés de la famille, offrant une main ferme et rassurante à la plus jeune fille d'Erick, embrassant affectueusement la mère du défunt. Sur ces images, on le voit affecté, mais solide comme nous l'avions toujours connu jusqu'alors. Solide. On jurerait que tout le cortège s'en remet à lui pour prendre en main le destin de la famille Blade !

D'ailleurs, rien n'est plus naturel. Erick l'a fait entrer dans son foyer en même temps qu'il l'a choisi comme équipier. Entre deux courses, Pierre, qui n'avait toujours pas d'appartement, se partageait entre les deux maisons australiennes des Blade et celle de nos parents. Chez nous, en France, il aimait Noël en famille près de la cheminée, nos footings côte à côte dans la gelée blanche des matins de janvier, les apéritifs interminables autour du barbecue en août. Il trouvait nos hivers plus chaleureux et nos étés plus rafraîchissants. En Australie, il assouvissait surtout sa passion de la mer, en paroles comme en actes. Il aimait les randonnées en catamaran de sport au large de Cairns, le long de la grande barrière de corail, et les virées dans la baie de Sydney sur le vieux cotre en bois d'Erick. Ses filles étaient souvent à bord ; elles tenaient la barre et maîtrisaient les voiles avec une aisance prodigieuse pour leur très jeune âge. Mon frère aimait aussi les longues soirées de palabres avec Erick et Mahea, qui n'était jamais en reste dans les concours d'histoires de mer.

Chacun doit maintenant prendre en main sa nouvelle vie. Le 13 Juillet 2006, après deux mois passés aux côtés de Mahea et de ses filles, mon frère revient enfin en France. Les yeux rivés sur les écrans de l'aéroport, nous l'attendons avec impatience. Elsa aussi.

Elsa est une « copine et un peu plus », avec qui Pierre ne partage en apparence que quelques jours – et quelques nuits –

par an. Mais ils sont solidement liés.

Pierre l'a rencontrée trois ans plus tôt sur le vieux port de Marseille, après une régate ratée dans la rade Nord. Je passais mes vacances à quelques kilomètres de là, et j'étais venu en spectateur.

Une-régate-ratée-dans-la-rade. Quand je l'ai rejoint, Pierre murmurait ce leitmotiv bizarre en faisant remonter lentement les R des tréfonds de son estomac, comme pour cracher un revers qu'il ne digérait pas. Cette défaite sans conséquence, il feignait de s'en amuser mais ne la supportait pas. Pierre a toujours détesté perdre, aussi dérisoire que fût l'enjeu.

L'ambiance de cette fin d'après-midi était plutôt chagrin. Le mistral puissant de la matinée s'était éclipsé et une moiteur torride transpirait par toutes les pores de nos visages. Mon frère, visiblement circonspect, s'affairait avec ses coéquipiers autour d'un spi qu'une manœuvre hasardeuse avait réduit en lambeaux, lorsqu'Elsa surgit. Il me semble qu'elle avait été précédée d'un souffle léger, inattendu. Elle était soudain là, à quelques pas de lui. Pierre fut envoûté au premier regard, irrépressiblement, par son air bohème, son sourire un peu espiègle aux commissures, son indifférence nonchalante, sa fraîcheur ingénue. Il se figea un court moment, puis se ressaisit. Je dois avouer qu'elle ne m'était pas indifférente non plus.

Assez grande et presque maigre, elle portait une salopette en jean trop large qui baillait devant sa poitrine sans relief, un T-shirt serré aux couleurs de « Bip Bip et le Coyote » et des Converse blanches. Elle déambulait, l'esprit solitaire, au milieu de l'agitation, ne s'intéressait qu'aux bateaux, s'attardait plus particulièrement sur leur étrave. Après avoir tenté en vain de rassembler derrière une épaule ses longs cheveux cuivrés, elle s'était accroupie à quelques pas de Pierre, le regard rivé sur la ligne de flottaison d'un X-Yacht rutilant.

Lui semblait soudain embarrassé par son harnachement de régatier, ses lunettes enveloppantes aux reflets argentés et sa combinaison criarde, barrée d'un large logo gris et bleu. Ce déguisement pompeux ne lui avait jamais paru aussi incongru qu'à cet instant. Il ne lui ressemblait pas et le tenait à l'écart de l'indolence ensorceleuse d'Elsa, comme une frontière infranchissable, un invisible mur de Berlin, de Jérusalem ou d'ailleurs.

Il la guettait timidement, caché derrière ses sourcils, tout en étalant machinalement un génois brunâtre sur le béton poussiéreux du quai. Ses yeux maladroits fuyaient quand ils croisaient par hasard ceux d'Elsa, mais ne pouvaient se défendre de la dévorer encore lorsqu'elle replongeait dans ses observations, vaguement inclinée vers l'eau verte du port. Elle se redressa brusquement, enjamba plus posément le sac à voiles qui traînait aux pieds de Pierre, lui adressa un infime sourire et s'éloigna en se fondant dans une foule éparse. Je trouvai la scène particulièrement insolite ; je n'avais jamais vu mon frère ainsi pétrifié, lui qui ne laisse jamais perler ses émotions. Comment la retenir ? Il semblait impuissant à esquisser le moindre geste.

Elsa s'évanouit donc devant ses yeux hagards. Mais elle eut la bonne idée de réapparaître face à lui, au soleil déclinant, entre les toiles écrues qui entouraient le podium et une maigre caravane publicitaire. Un peu avachi, Pierre, qui avait fini dans les profondeurs du classement, se tenait avec ses équipiers près de la table de cocktail, à l'écart de la remise de prix ; je venais de les quitter ; Elsa, elle, terminait gaiement sa semaine de stage chez le principal sponsor de la course. De leurs premiers échanges, je sais seulement qu'elle a fait le pas décisif. Pierre en aurait été incapable.

Depuis cet été là, Elsa répandait deux ou trois fois par an son charme un peu négligé dans la maison de mes parents, au milieu des vergers du Tarn-et-Garonne. Ces journées passées avec elles, de repas interminables en balades digestives sur les chemins de halage du Canal Latéral, étaient toujours plaisantes. Je ne la voyais guère plus, à mon regret.

Quand ils étaient ensemble, elle et mon frère formaient un couple assez ordinaire. L'intermittence de leurs relations était imperceptible. Eperdument éprise de mécanique des fluides, Elsa consacrait l'essentiel de son temps à une thèse improbable sur les bulles – c'est du moins tout ce que j'en ai compris – pour le compte d'un laboratoire toulousain. A elle, la recherche théorique, pour Pierre l'expérimentation « in vivo ». Cela les rapprochait sûrement.

Installés au bar de l'aéroport, nous attendons dans un silence caverneux des nouvelles du vol 374 en provenance de London Heathrow, dernière escale entre Cairns et Toulouse. Le retard estimé de l'avion de la British Airways défile en lettres rouges sur les écrans. Il ne cesse de croître.

A 18h50, Pierre débarque enfin, avec un peu moins d'une heure de retard. Elsa s'élance vers lui, puis ralentit ; ils s'enlacent et, sans effusion, à la manière d'amis intimes plus que comme des amants, se serrent l'un contre l'autre, longuement. Ma mère attend son tour avec une pointe d'agacement.

Nous passons ensemble une soirée ennuyeuse, sous la voûte écrasante d'une bonne table du vieux Toulouse. Notre joie de retrouver Pierre a été vite tempérée par la lassitude qu'exhalent ses trop rares paroles et ses regards perdus. Nous ne l'avions jamais vu aussi morne, aussi inexistant. Nous nous efforçons de mettre cette défaillance sur le compte de la fatigue d'un long voyage, du décalage horaire, des épreuves qu'il a traversées et qu'il aura bientôt fini de surmonter.

Ce ne sont pourtant que les premiers symptômes d'une longue dérive.

Peu après la fin du repas, Elsa l'emmène chez elle, dans le petit appartement qu'elle vient de dénicher sur un quai de Garonne.

Au long des huit mois suivants, elle tentera l'impossible pour remettre à flot le moral de Pierre. Elle, qui semblait se complaire dans un rôle de dilettante des sentiments, se dévoile aimante, attentive aux moindres fléchissements de mon frère, prête aux concessions les plus inattendues. Jusqu'à risquer de compromettre ses chères études.

Mais ces huit mois d'acharnement infructueux étoufferont peu à peu sa flamme. Ils feront aussi d'Elsa un membre « à vie » de notre famille.

Mon frère débarque un beau soir chez mes parents portant sur l'épaule son vieux sac bleu, sale et délavé, l'unique bagage que je ne lui aie jamais connu. Retour au bercail. C'est un vendredi et je rejoins à sa suite la maison familiale, après une semaine d'examens à la fac.

Pierre, dont l'existence avait toujours regorgé de plans, de rencontres et d'action, passe ses journées à errer entre sa chambre et le jardin. Il a perdu le goût de tout : de nous, dont il s'efforce d'éviter les questions angoissées ; des bateaux, dont les images en couverture des magazines n'agrippent même plus son attention ; de ses amis, marins des cinq océans, qui cesseront peu à peu de dilapider vainement leur salaire incertain dans des conversations téléphoniques à sens unique.

Mes parents sont désemparés, à bout de force. Les pilules bleues et jaunes de notre médecin de famille ne changent rien ; on ne se faisait pas vraiment d'illusion. Pas question pourtant de consulter mon oncle, psychiatre prétendument renommé. Pas davantage les « chers confrères » qu'il recommande chaleureusement à mon père. Pierre n'est tout de même pas fou ! Il s'est seulement égaré dans une sorte de déprime passagère. Il en sortira.

Finalement, il continue de s'effondrer et ma mère est bientôt tout près de le rejoindre. Un arrêt de travail de trois semaines s'impose. Une grande première pour elle ; je crois bien qu'aucun virus n'avait encore réussi à l'éloigner de son cabinet d'architecture. Et les voici tous deux face à face. Au contraire de mes prédictions, chacun semble se satisfaire de cette cohabitation. Ma mère sait garder la bonne distance, et Pierre, qui doit ressentir pour la première fois une sorte de culpabilité, s'efforce de la ménager, fait bonne figure autant qu'il lui est possible, se pique même un temps de délaisser ses éternelles Dockside pour sautiller dans des baskets le long du canal comme il aimait autrefois le faire. Son rétablissement n'est qu'apparent mais mes parents reprennent confiance. Un soir, mon père lui demande :

- Tu sais, Pierre, on peut te louer un appart en ville si tu veux. Le temps que tu retrouves une activité. Ca te ferait du bien de retrouver ton indépendance, non ?

Ma mère à souscrit à contre cœur à ce projet, cédant à ce qu'elle croyait être la raison. La perspective d'une séparation l'angoisse : son instinct maternel lui dicte de veiller physiquement, charnellement, sur son enfant. Mais mon père a su la convaincre que Pierre ne se sortirait de cette mauvaise passe qu'à la condition de reprendre en main sa propre vie. Ni Elsa, ni eux n'avaient su lui rendre la confiance et l'espérance qu'il avait perdues. Leur fils devait enfin se retrouver face à lui même, face à son avenir. Une démonstration indiscutable.

Pierre accepte de bonne grâce et se retrouve bientôt dans un petit meublé moderne mais chaleureux qui, par la magie de deux grands Vélux, offre une vue imprenable sur les étoiles. Il nous stupéfait même en organisant une pendaison de crémaillère, modeste mais joyeuse, à laquelle nous nous retrouvons avec Elsa. Nous devinons que, pour elle, l'inauguration se prolongera au delà de l'apéritif. Bref, mon père peut triompher : Pierre est sur le point de retrouver une vie « normale ».

L'illusion ne survivra pas plus d'une dizaine de jours.

Ma mère me téléphone un matin, abattue, pour me rendre compte de la visite qu'elle a rendue à Pierre la veille. L'appartement est dans un état invraisemblable. Les poubelles débordent, les murs et le canapé sont maculés. Des vêtements, encore plus crasseux que ceux qu'il porte sur lui, jonchent le sol parmi les papiers gras et les bouteilles vides. Pierre ne boit pas ; elle en est presque sûre ; il n'a jamais eu le goût de l'alcool. Mais comment a-t-il pu déchoir en si peu de temps, lui qui semblait en si bonne voie ? La voix de ma mère chancelle. Je ne sais que dire. Comme elle m'en prie à mots couverts, je lui promets de rendre visite à mon frère, d'essayer de comprendre. Sans que cela ne nuise à mes études bien-sûr ; je ne dois pas trop m'inquiéter ; tout ça s'arrangera. Mais mon frère et moi avons toujours été complices – entre deux bagarres de frères. J'irai donc le voir.

Que puis-je dire à mes parents ? Que la description de ma mère était en deçà de la réalité ? Que Pierre a seulement feint de m'écouter ? Qu'il n'attend rien de moi, ni de personne, ni de rien ? Je préfère tenter de les rassurer, mais je n'y parviens pas. Tout au plus passeront-ils une nuit un peu moins anxieuse que les précédentes.

Le week-end arrive. Même si Pierre ne surgit que rarement dans nos conversations, toute joie a quitté la maison. Puis un nouveau week-end, et encore un autre, semblable. L'été est déjà là, je termine ma licence.

Et un jour… Un jour de Juillet 2007, Pierre décroche son téléphone. C'est moi qu'il appelle. Il a réfléchi, il sait maintenant que ça ne peut pas durer, qu'il doit réagir ; vivre dans un appartement n'est pas pour lui ; il ne s'en sortira que s'il peut naviguer à nouveau. Naviguer. Le mot est lâché ! La passion ressurgit.

Je l'écoute mais je perçois vaguement des fausses notes dans sa voix, un enthousiasme contrefait, une sorte de détermination préfabriquée. Peut-être suis-je trop suspicieux. Pourquoi ne pas accueillir la nouvelle avec optimisme ?

Pierre m'expose son plan. Après quatorze longs mois passés à terre, loin du circuit des mangeurs de miles, il n'a aucune chance de trouver un embarquement. Je tente de m'opposer à son défaitisme ; je suis certain que ses amis ne l'ont pas oublié, qu'ils sont prêts à lui faire une place dès son premier signe de vie. Il s'obstine confusément, rumine ses arguments. Non, il doit se refaire la main, redécouvrir la mer, se redécouvrir lui-même – n'ai je pas déjà entendu ça de la bouche de mon père ? – avant de s'imposer aux autres.

D'accord. Mais comment faire ? Il voit bien une solution. Il faudrait acheter un voilier ; pas un bateau luxueux, non, mais un coureur d'océan, robuste, éprouvé. La sécurité avant tout. Ce genre de propos ne lui ressemble pas. Je ne l'ai jamais entendu discourir que de vitesse, de sensations extrêmes, de records. Soit. Mes parents seront sensibles à l'argument. C'est d'ailleurs préférable, puisque Pierre ne voit pas qui d'autre qu'eux pourrait financer sa monture... Et bien sûr, il estime que je suis le mieux placé pour les convaincre.

Je ne tarde pas à m'acquitter de ma tâche. Qu'a-t-on à perdre ? Une part du futur héritage ? Mes parents pas plus que moi ne sommes attachés à l'argent d'aujourd'hui. Alors celui de demain... Notre famille appartient aux « classes moyennes aisées ». Une maison confortable, un petit appartement en bord de mer, quelques économies pour vivre à l'abri de l'imprévu. On peut toujours emprunter. Et puis, chacun le sait, un voilier bien choisi et bien acheté ne perd pas de valeur pour peu qu'on l'entretienne convenablement. Faisons confiance à mon frère ! Nous n'avons pas vraiment le choix de toutes façons.

Pierre passe quelques coups de fil à des chantiers navals de sa connaissance, puis jette en quelques jours son dévolu sur Iloë, un ketch[1] en acier de trente huit pieds et autant d'années de loyaux services, un bateau de voyage qui a longtemps arpenté les côtes d'Afrique, exploré le moindre recoin de Méditerranée, sillonné plusieurs fois l'Atlantique d'une rive à l'autre. Quelques formalités assumées par mon père, et voilà son fils propriétaire, prêt à lever l'ancre après trois bons mois de travaux de remise en état et de préparation. Pour quelle destination ? Peu importe, Pierre est sur la voie de la rédemption.

Le 11 Novembre 2007, un soleil généreux inonde la place principale de Port Vendre. Autour du monument aux morts, des élèves d'école primaire hurlent la Marseillaise sous le regard de leurs familles admiratives, d'une poignée d'anciens combattants chancelant sous le poids des médailles et du Conseil Municipal au complet. Les voix stridentes des bambins dévalent dans notre dos comme une brise glaciale. « Allons enfants »... « Le jour de gloire »... Ma mère, qui lutte en vain

---

[1] Ketch : voilier portant deux mâts, dont le plus court est situé à l'arrière (mât d'artimon).

pour contenir ses larmes, tente de les effacer sous la paume d'une main discrète. Je détourne mon regard et presse autour de son bras la laine moelleuse de son manteau.

Sur le quai, d'où nous voyons mon frère s'éloigner vers les incertitudes du large, ses deux mâts obliquant déjà résolument vers les crêtes écumantes d'une mer nerveuse, nous voulons croire, espérer, qu'il nous reviendra rétabli dans quelques mois. Nous ignorons tout de ses véritables résolutions. Nous ignorons encore qu'une nuit d'insomnie de juillet a déchaîné le mal qui pourrissait lentement en lui. Qu'en surgissant au hasard d'un zapping nocturne, la énième retransmission d'un programme de la BBC sur « le grand Barbe Noire et la piraterie du dix-huitième siècle » a délivré la haine et le désir de revanche qui l'habitaient jusque là en grand silence. Qu'il prend la mer pour combattre les silhouettes qui le hantent. Pour rendre une justice impossible, illusoire, parfaitement insensée. Qu'il part à la chasse aux pirates !

J'ai toujours su que ses projets n'étaient pas ceux qu'il clamait. Au fond, je craignais surtout qu'il cherchât à se perdre en mer n'ayant plus rien à espérer à terre. Sa décision de répudier son téléphone portable, au prétexte qu'il trouverait mille moyens plus économiques pour nous joindre aux escales, m'intriguait par dessus tout. Jamais une idée aussi insolite ne m'aurait effleuré…

Mais comment aurais-je pu imaginer que Pierre se lancerait dans cette invraisemblable équipée vengeresse ? Cela lui ressemblait si peu. Il avait toujours mis tant de raison dans ses projets, dans ses actes, et jusque dans ses passions.

3

Colombo

Un soir rougeâtre et poisseux dans l'avant-port de Colombo, capitale misérable du Sri Lanka. La première nuit d'Iloë près d'une terre habitée depuis une brève escale à l'orée du canal de Suez, quarante trois jours plus tôt. Une nuit chaude, moite, nauséabonde, derrière la digue irrégulière qui abrite parfaitement de la mousson mais laisse entrer l'océan au cœur de la ville sans faire tout à fait obstacle à la longue houle d'Ouest. Pierre est sur le point de s'assoupir. A une centaine de mètres de son mouillage, des cargos miteux et des porte-conteneurs ultra modernes finissent de déverser leurs marchandises sur les quais, dans les cris, le grincement des machines rouillées et la lueur blême des projecteurs.

Les paupières déjà closes, il jette sur le plancher le gros cahier jaune et bleu à spirale où il note chaque événement, chaque impression, chaque détail de son voyage, puis il éteint la liseuse. Il vient de conclure sobrement le récit de la journée :

Demain sera rude.

Ici, la difficulté n'est pas de se procurer une arme. Pierre le sait. Bien avant son départ, il a trouvé sur internet toutes les indications nécessaires : des conseils pratiques, des adresses, des prix, et même des comparatifs détaillés sur l'accueil et le service après vente... La toile regorge d'excellents guides touristiques pour criminels ; il aurait été stupide, pour un honnête traqueur de pirates, de les ignorer. Plusieurs sites, vraisemblablement animés par le même philanthrope anonyme, recommandent chaudement une agréable boutique située à deux pas du port. Il ne manque que la photo lénifiante de l'honorable commerçant posant fièrement sous une enseigne colorée. Elle est sans doute prévue pour la prochaine mise à jour de la page d'accueil.

Ce que redoute Pierre, c'est de quitter Iloë, de renouer avec la terre, de s'immerger dans la cohue compacte qui emplit le port et les rues, d'affronter le vacarme et les sollicitations assidues d'une foule de miséreux appâtés comme des mouches par sa peau de blanc, même tannée, même crasseuse. Il s'en sort pourtant. Il se répète que le cauchemar ne durera pas, et il s'en sort brillamment.

Sur la façade blanche à colonnes doriques de la capitainerie, la vieille horloge héritée du temps colonial indique sept heures et demie. A l'ombre de cet étrange monument, le yacht-club local exhibe une richesse indécente derrière une vitre blindée. Pierre exècre les cercles nautiques, les « cercles vicieux » comme il dit, où les yachtmen en blazer marine parlent de business dans le cuir trop moelleux des salons, avant de s'inventer à table des exploits et des projets de navigation extraaaaordinaires. Où l'on convoque parfois, par simple distraction, un jeune marin prometteur pour lui faire miroiter un soutien qui ne lui sera jamais offert. Je ne sais exactement si Pierre en a lui-même fait les frais ou si d'autres l'ont inspiré mais, c'est certain, il déteste les yacht-clubs… Et celui-ci, avec ces allures assumées de bunker au cœur de la misère, lui paraît à vomir.

La ville est déjà effervescente. Pour quelques roupies, un gamin en guenilles le conduit d'avenues majestueuses, bordées d'immeubles victoriens, en ruelles étroites jusqu'à l'échoppe, minuscule et lugubre, qui bien sûr ne correspond en rien à sa description. Derrière des monceaux de paquets de biscuits, de bouteilles poussiéreuses d'eau minérale, dans la pénombre et les odeurs âpres d'olives décomposées, un petit homme vouté en habit tamoul se tient assis. Des écouteurs chromés relient ses oreilles velues à une mini-chaîne hi-fi au design ultramoderne, une Bang & Olufsen flambant neuve. Ou peut-être une contrefaçon fidèle. Pierre est saisi par le contraste. Et ce n'est qu'un début.

Dans un anglais étrangement parfait, aux accents évoquant davantage les terrains de polo de Cambridge que la fange post coloniale de Colombo, le marchand propose à Pierre de partager un thé. Mon frère aimerait faire rapidement affaire et s'en aller, mais le regard autoritaire du petit homme lui impose de s'accroupir. Entre eux, sur un large plateau d'argent terne, oxydé, sont disposés une théière, du même métal finement ciselé, et trois verres troubles. N'importe quel observateur de la scène jurerait que le tamoul connaissait l'heure exacte de la visite de mon frère et s'était apprêté à le recevoir. Ce serait bien sûr insensé. Pierre ne s'est jamais annoncé et lui-même n'aurait pu évaluer à une semaine près la durée de son voyage. La sensation étrange d'être attendu par cet inconnu le trouble et alourdit son malaise.

Le thé est brûlant. Son parfum intense, en se diffusant dans une vapeur blanche et épaisse parvient presque à faire oublier la puanteur des étalages. Après une brève gorgée, l'homme questionne mon frère sur sa provenance, sa destination, l'origine des informations qui l'ont conduit ici, sur la composition de sa famille, sur tout et sur rien. Pierre s'efforce de formuler des réponses précises, mais son interlocuteur ne leur prête visiblement aucune attention. Le visage impérieux et statique, celui-ci l'interrompt pour enchaîner les questions, manière de test, en scrutant les attitudes, les mouvements, la moindre impulsion de son visiteur. Puis, vraisemblablement rassuré, le marchand interrompt subitement son interrogatoire et se lève. D'une oscillation sèche de la tête, suivie d'étranges convulsions de ses sourcils hirsutes, il fait signe à mon frère de le suivre.

Ecartant du pied un monceau de cartons, il entraîne Pierre dans un couloir étréci, qu'éclaire seulement, tout au bout, un infime halo rougeâtre. Une fine poussière se détache du plafond et des murs de torchis. Le tamoul en débarrasse son épaule d'un revers de main intraitable. Quelques mètres plus loin, il s'immobilise devant une porte brune, capitonnée, haute d'un mètre cinquante tout au plus. Il enfonce sa main dans une niche profonde et en retire un clavier en aluminium brossé relié à une épaisse gaine électrique ; compose un code ; pousse la porte.

Une dizaine de marches plus bas, sous une rampe de puissants projecteurs halogènes, surgit un arsenal digne d'un film d'action américain ; aucun doute, cette boutique a été fréquentée par le sénateur Schwarzenegger au temps où il était encore héros de cinéma. Des armes de poing aux lance-roquettes, il ne manque rien.

Mon frère s'est déjà fait une idée précise de l'arme idéale : maniable et légère, pour être manipulée dans l'espace exigu d'un bateau ; assez fiable et peu sophistiquée pour résister aux conditions marines ; automatique, pour régler leur compte à trois ou quatre assaillants en moins de deux secondes. Un bon vieux pistolet mitrailleur ferait l'affaire ; si possible, un MP5 ou un Uzi – des valeurs sûres, approuvées par toutes les milices.

Avant même que mon frère, ébranlé par le panorama insolite qu'il découvre, n'envisage de prononcer une parole, le marchand lui jette dans les bras un Mini Uzi rutilant. Pierre reste un instant hébété, la tête lourde et le regard rivé sur l'arme, puis esquisse un vague hochement de tête en signe d'approbation, ou de soumission. Des flots de sang se mettent à cogner sauvagement ses tempes, comme si tenir une arme entre ses mains était déjà un crime trop lourd à porter. Le front luisant de sueur, il s'agrippe à la rampe et tient bon. L'homme monte une marche, enveloppe l'épaule de mon frère d'un bras ferme, le reconduit à travers le long couloir de torchis après avoir fermé précautionneusement la lourde porte, emballe l'arme dans un vulgaire journal, ajoute quelques boites de munitions - 9mm parabellum -, glisse le tout dans un sac de papier Kraft épais, ajoute sur le dessus quelques fruits trop murs pour faire bonne mesure, et inscrit sur un bout de papier la somme de 1200 Dollars américains. Pierre le paie machinalement et s'en va comme on sort de chez l'épicier du coin, la corvée des courses accomplie, mais le sac plein d'une étrange culpabilité. Il ne doute pas que celle-ci le quittera. La cause est juste ; il doit seulement apprivoiser son nouveau personnage de justicier.

Sur son passage, les mendiants, si pressants à son premier passage, baissent les yeux en se recroquevillant. Pierre en saisit la raison quelques pas plus loin, dans la foule éparse des docks : deux hommes sont à ses talons ; des anges gardiens, pantalon clair et chemise ouverte sur un poitrail tapissé de longs poils noirs, qui tiennent sans doute à ce qu'il arrive sans encombre à sa destination. Et qu'il quitte la ville en silence.

Mon frère n'a aucun appétit pour les séjours touristiques et ne tient pas à s'attarder ici. Mais il lui reste peu de vivres à bord ; il doit avitailler avant de lever l'ancre.

Il consentira aussi l'effort de rédiger une carte postale lapidaire, qui nous parviendra plus d'un mois plus tard. Au recto : la photo froide, incongrue, d'un centre d'affaires de Colombo et de ses gratte-ciels impersonnels. Peut-être Pierre choisit-il de se mettre en scène dans cet excès de civilisation, si lointain de son errance quotidienne, pour nous rassurer. Il n'y parviendra pas. Au verso : l'adresse de mes parents à laquelle il a pris soin d'ajouter mon prénom, et ces quelques mots :

« Je suis en escale à Colombo. Tout va bien pour moi. Je pense à vous et je vous embrasse.

Pierre. »

Elsa ne figure pas parmi les destinataires ; nous imaginons à tort que mon frère lui a envoyé une autre carte, mais elle démentira tristement notre intuition. Nous n'obtiendrons ni les détails matériels ni les confidences que nous espérions.

Fugacement soulagée d'avoir enfin reçu un signe de vie, ma mère s'effondre peu après avoir lu le message. Elle essaie désespérément de me contacter sur mon téléphone portable, échoue sur ma messagerie vocale, insiste. Au beau milieu d'un amphi presque plein, je m'efforce vainement de me concentrer sur un cours somnifère de droit social ; mon téléphone est muet mais l'écran scintille obstinément en annonçant « Maman Portable ». Au troisième appel, je n'ai pas besoin d'écouter les messages pour comprendre qu'un événement, peut-être grave, s'est produit, qu'il faut rappeler sans délai. Je pense immédiatement à mon frère ; une décharge d'angoisse contracte mon estomac. Je me lève, fébrile, je me fais remarquer en bousculant bruyamment mes voisins pour accéder à la coursive. A peine ai-je enfoncé la porte battante de l'amphi que mon téléphone s'illumine encore.

- Maman, que se passe-t-il ?

Elle me décrit la carte postale d'une voix vacillante. Je lui demande de me confirmer qu'il n'y a rien d'autre, aucune mauvaise nouvelle. Mon soulagement l'apaise un peu ; elle reprend sur un ton plus neutre : bien-sûr, nous savons maintenant où il se trouve ; il dit aller bien ; enfin, on sait qu'il est en vie, ou qu'il l'était il y a un mois.

Elle éclate en sanglot. J'essaie de la rassurer, de la raisonner un peu : Pierre n'est pas une tête brûlée, il ne prendra aucun risque inutile ; il a juste besoin de solitude, de se confronter seul à son élément favori, il nous l'a dit. Je crois avoir trouvé un argument qui l'apaisera :

- Souviens-toi, ce n'était pas différent quand il partait en équipage pour de longues campagnes. Il n'envoyait jamais plus de quatre ou cinq mots par SMS aux escales et tu étais à peine moins angoissée ! Tout s'est pourtant toujours bien passé.

Mais ma mère semble ne pas m'écouter ; elle poursuit son idée : qu'est-ce-qui le retient d'en dire davantage ? Il a toujours eu confiance en nous. Pourquoi n'a-t-il pas téléphoné, même brièvement, ou au moins envoyé un e-mail donnant des précisions sur sa santé, sa navigation, ses projets ? Il ne nous a jamais rien caché jusqu'ici, et il sait bien combien il est angoissant pour nous d'attendre sans savoir… Au fait, que fait-il au Sri Lanka ? Il n'en avait jamais été question. Ce n'est pas un endroit pour faire de la voile. Il n'a aucune raison de s'éloigner autant ; tous les marins du globe rêvent de naviguer autour des côtes françaises, mais lui… Je dois raccrocher, Le cours se termine et une horde assourdissante d'étudiants gavés de droit social dévale dans le hall où je me trouve. Je suis quitte pour passer le prochain week-end à la maison.

Je le sais bien, si mon frère s'est contenté de jeter quelques mots insipides sur une carte postale, c'est qu'en dire plus l'aurait contraint à mentir. Pierre exècre le mensonge. Il n'a d'ailleurs jamais cédé à la facilité lorsque notre mère lui réclamait, jusque sur le quai de Port Vendre, la promesse d'envoyer des nouvelles régulières : pour rien au monde mon frère n'aurait pris un engagement qu'il ne pût tenir.

Je sais qu'il nous dissimule ses véritables projets mais je ne parviens toujours pas à les deviner.

Après avoir rejoint Iloë, enfoui son précieux jouet au creux du compartiment profond qui prolonge la couchette bâbord, dans un recoin insoupçonnable et aussi préservé de l'humidité qu'il se peut sur un bateau, Pierre ferme le panneau de descente à double tour, saute à nouveau dans son annexe pneumatique rouge délavée, démarre le vieil Evinrude en tirant énergiquement sur le lanceur.

Sur le débarcadère, il rejoint malgré lui son escorte, qui observait impassiblement son manège et va l'accompagner fidèlement dans ses dernières emplettes, le préservant encore de toute sollicitation indésirable. Du haut de son mètre quatre vingt huit, mon frère domine d'une bonne vingtaine de centimètres la marée ondulante de corps humains ; porté de rues en places par des courants de foule irrésistibles que seules parviennent à dévier une camionnette surchargée ou un cyclomoteur beuglant, il surnage et savoure que sa garde rapprochée le rende presque invisible, jusqu'à retrouver dans cette multitude trépidante des sensations enivrantes de navigation solitaire.

« Solitaire en mer, solitaire à terre » : mon frère mâchonnera cette rengaine, façon slam, pendant des heures, comme il le fait souvent avec les mots de l'instant, des rimes improvisées, des sonorités obsédantes, pour exorciser ses peines ou ses échecs. Jamais, avant de me confier le récit de son voyage, il n'avait dévoilé à quiconque ce tic irrépressible, ce « T.O.C. » indécelable qui peut obstruer son esprit toute une journée durant.

Solitaire-en-mer-solitaire-à-terre… Pierre n'a pourtant pas l'âme sauvage. Il n'est pas de cette race de marins qui aspirent viscéralement à confronter leur modicité, seuls durant des mois, à la furie des éléments. Il aime avant tout partager ses conquêtes et croit à la force de l'équipe. Aussi loin que remontent mes souvenirs, en famille, en amitié ou en compétition, il a toujours choisi de lier son destin à celui d'une cordée. A la vie, à la mort. Jusqu'au jour ou Erick Blade, son guide et son ami, a dévissé seul au fond de la nuit. Jamais la cordée ne doit se désunir.

C'est aujourd'hui une évidence pour ses proches, mais nous l'avons compris bien tard : il était inexorable que mon frère chute dans le sillage d'Erick, qu'il se laisse sombrer dans cette petite mort qu'est pour lui la solitude.

De son départ de Port-Vendres jusqu'à l'appel inespéré que nous avons reçu de l'ambassade de France à Canberra, sept mois plus tard seulement, mais sept interminables mois, nous avons tout ignoré du but réel de son voyage. Nous savions sa décision contre nature ; ce voyage en tête-à-tête avec lui-même lui serait douloureux, mais peut-être était-ce pour lui un passage obligé, une épreuve nécessaire. Nous avions feint d'en être convaincus, mes parents davantage encore qu'Elsa et moi.

« Solitaire en mer, solitaire à terre », c'était sa peine. Elle était aussi dure à porter dans la cohue de Colombo que dans les plaines désertes de l'océan. Le même spleen, le même dégoût de n'avoir personne avec qui partager les instants sublimes et éphémères de liberté, ni les heures interminables de doute et de tourment.

Il regagne le port, les bras et le dos débordant de conserves et d'eau. Le strict nécessaire néanmoins. Puis l'annexe, à son tour gorgée jusqu'aux dames de nage de ces provisions, se faufile en pétaradant entre les embarcations au mouillage, esquive tant bien que mal les vagues levées par les barges bigarrées qui croisent en désordre dans le port et finit par ramener Pierre à bord d'Iloë.

Le soleil pesant de janvier n'a pas tout à fait fini son ascension lorsque mon frère lève le camp. Cap au Sud Est, vers le détroit de Malacca, entre Indonésie et Malaisie. Bientôt, dans quelques jours à peine, ce terrain de chasse si prisé des pirates sera aussi le sien.

4

Pangkalan Kuo

Dès le milieu de la nuit, la onzième depuis qu'Iloë a quitté Colombo, les scintillements de Banda Aceh commencent à souiller la noirceur lénifiante de l'horizon.

Le sifflement de la cafetière monte une fois encore dans les aigus, pour rappeler à Pierre que dormir n'est pas au programme. Mon frère aime ces appels pénétrants qui cadencent les heures de navigation nocturne. Ils annoncent invariablement un bon moment, un peu comme ceux que sifflaient à deux doigts les copains du quartier à travers la grille du jardin, quand nous étions enfant et tardions à terminer nos devoirs. Les appels de la cafetière ont quelque chose d'amical et de divertissant, ils sont comme une invitation, un peu de chaleur humaine au milieu du néant.

L'océan indien a pris son air le plus débonnaire ; depuis trois jours, une petite brise de Nord-Ouest remplit tranquillement les voiles. Mais les cargos se bousculent déjà dans les parages. Mon frère sait bien qu'ils surgissent toujours plus vite qu'on ne l'imagine, que traverser la coque fluette d'un voilier de plaisance, fût-elle en acier, ne troublerait le repos d'aucune âme à leur bord, qu'il faut les guetter assidûment et rester paré à la manœuvre pour s'écarter de leur route au moindre doute.

Il éteint le gaz du réchaud, remplit son mug et remonte dans le cockpit. Il hume la brise, plonge son nez dans les vapeurs de café, sent une sorte de fébrilité le gagner. Un nœud à l'estomac, qui se serre lentement. Banda Aceh, située tout au nord de l'île de Sumatra, marque l'entrée du détroit de Malacca, le seuil d'un parcours miné de dangers imprédictibles, d'une aventure à laquelle son existence de baroudeur pacifique et de compétiteur monomaniaque ne l'a pas préparé.

Pierre redoute lucidement les jours qui s'annoncent. D'ailleurs, il n'a jamais sous-estimé la déraison de son projet. Il est résolu, implacablement déterminé, mais il ignore tout de sa propre aptitude aux épreuves et aux combats qui l'attendent.

Il réalise qu'il a domestiqué peu à peu la haine qui l'animait avant son départ. Qu'un voile brumeux est tombé jour après jour sur les visages, déjà incertains, qui le hantaient. Restent un besoin de revanche indélébile, comme un devoir, et un plan bien huilé ; restent les certitudes qui se sont incrustées sous sa peau brunie et le poussent en avant. Il espère y trouver tout le courage nécessaire à l'heure prochaine de la confrontation.

A neuf heures du matin, les plages environnant Banda Aceh sont déjà loin sur tribord arrière. Elles seront bientôt submergées de touristes indolents, bien décidés à jouir de leur carré de sable en ignorant le reste du monde. Confortablement installés à l'ombre d'un palmier, tout au plus auront-ils un frisson en contemplant l'horizon et une vague pensée pour les malheureuses victimes d'un tsunami mémorable, survenu ici-même en plein Noël 2004. Beaucoup se féliciteront de leur générosité, car ils n'avaient pas hésité au lendemain de la catastrophe à expédier quelques dizaines d'Euros à la Croix Rouge ou à Médecins Sans Frontières. Ils étaient alors plus indignés que jamais. Quelle injustice que tant de gens comme eux aient payé de leur vie leur passion pour le farniente all inclusive ! Et sur leurs écrans de télévision, quelle désolation, quel spectacle révoltant pour leur insatiable curiosité ! Cela valait bien un chèque et une bonne dose de compassion.

Poussé par une houle profonde, Iloë s'engouffre éperdument dans le détroit, sur l'une des routes maritimes les plus courues de la planète. Ce n'est pas un hasard si les pirates y sont légion. L'entonnoir qui sépare l'île indonésienne de Sumatra, à l'Ouest, de la Malaisie, à l'Est, ne forme plus en son extrême Sud – aux portes de la fourmilière de Singapour –

qu'un étroit goulet de quelques miles. Les navires marchands, cargos, porte-conteneurs, minéraliers en tous genres qui s'y bousculent, parfois si lourdement chargés que leur bastingage ne surplombe l'eau que de deux ou trois mètres, sont ordinairement manœuvrés par un équipage d'une vingtaine d'hommes tout au plus. Ces marins sont des proies faciles. Ils n'ont ni le nombre ni l'arsenal nécessaire pour faire face à des commandos bien organisés et puissamment armés, qui surgissent d'embarcations rapides. Parfois, celles-ci prennent l'apparence perfide d'un chalutier ou d'un placide navire de transport de passagers, plus rarement ce sont des vedettes qui assument toute leur puissance.

Bien sûr les capitaines sont avertis du péril. Pour peu que l'officier de quart lors de l'attaque – habituellement la nuit – ait assez de cran et d'expérience, il peut espérer décourager ses assaillants par une manœuvre adroite qui rendra l'abordage trop périlleux. Ou encore en déclenchant une alarme supposée alerter des autorités plus vigilantes de mois en mois. Mais les chances d'échapper aux brigands sont minces.

Une fois à bord, ce n'est pas à la cargaison qu'ils s'en prendront. A supposer qu'elle puisse être revendue, il serait trop long et laborieux de la transborder. De toutes façons, les embarcations des pirates ne pourraient en contenir qu'une part infime et s'en trouveraient dangereusement alourdies. Seul les attire en vérité l'argent de l'équipage, versé à la semaine et conservé dans le coffre-fort du bord. Fût-ce le salaire indigent de marins malais ou libériens. Ici, pas de séquestration, pas de demande de rançon. Contrairement à ceux de Somalie, les ports et les rivages d'Indonésie ne sont pas propices à l'installation au grand jour d'établissements de piraterie. Le travail doit donc s'exercer en haute mer, avec rapidité et discrétion.

Pourquoi ont-ils abordé Ellister ? Les voiliers, et singulièrement les bateaux de course, allégés à l'extrême tout comme leurs équipages, ont si peu à offrir. Qu'espéraient-ils vraiment ? Etaient-ils assez avertis pour convoiter le précieux équipement électronique du trimaran ? Ont-ils cru qu'ils abordaient l'un de ces day-boats qui croisent l'après-midi près des côtes, gorgés de touristes occidentaux ou japonais exhibant leur richesse des pieds à la tête, un « promène-couillons », comme les nomme mon frère sans réel mépris, qui se serait égaré ou aurait subi une avarie le soir venu ? Une aubaine rare dans ces parages.

Pierre s'est abondamment documenté avant son départ ; il sait que tout ce qui transporte matelots, passagers ou valeurs est susceptible d'attirer les pirates. Sans doute Erick, vieux bourlingueur des sept mers, le savait-il aussi. Mais le risque devait lui sembler tellement infime pour un bateau tel qu'Ellister... Il avait jugé superflu d'en souffler le moindre mot à son équipage ; une menace aussi hypothétique ne méritait certainement pas de brouiller la concentration et le repos de ses marins.

Cap au Sud. A peine Pierre a-t-il besoin d'un compas ; sur ces eaux mêlées de sang où il a traqué les brigands durant de si nombreuses nuits d'insomnie, il pourrait presque naviguer les yeux bandés. Mais pour la première fois, je perçois une faille dans son assurance et sa détermination, si inhumainement constantes jusque là.

D'heure en heure, je m'enfonce un peu plus dans une nasse que n'importe quel être normal chercherait à esquiver. Je ne peux pas dire que j'avance sans appréhension, mais ce n'est pas vraiment le danger qui me préoccupe. Je n'ai pas peur pour ma vie. Non, ce que je redoute surtout, c'est que mon plan ne marche pas ! Maintenant que je suis arrivé où je voulais aller, le pire serait de réaliser que je me suis trompé sur toute la ligne, de rester là comme un con, bredouille au milieu des pirates.

[...]

Iloë, est-ce que tu vas réussir à mettre ces pourritures en appétit ? Regardons les choses en face, vieille carcasse, tu ne promets pas grand chose de bon...Pas question de rivaliser avec tous ces gros gâteaux flottants qui nous regardent de haut, bien-sûr. Je voudrais juste que tu aies la gueule d'un apéritif, je ne t'en demande pas plus. Après tout, même les pêcheurs de thon mangent parfois de la petite friture, non ? Vite pêchée, vite avalée.

Allez, rassure-moi, tortille un peu tes fesses et excite la racaille ! Fais l'amuse-gueule, bordel !

Pierre le sait, il n'existe pas de recette, pas de mode d'emploi, pour attirer l'ennemi dans ses griffes. Les règles du jeu sont tellement mouvantes dans le monde sans foi des pègres marines. La violence change de cibles et se métamorphose au gré des opportunités, ou des risques nouveaux que font courir les velléités indécises des autorités locales.

Chat, souris, c'est un jeu qu'il n'a pas pratiqué depuis longtemps… D'ailleurs, qui sera le chat et qui la souris ? Il se sent un chat bien vulnérable.

Les interrogations de mon frère n'ébranlent en rien sa résolution ; Pierre suivra obstinément sa voie. Il n'en a pas trouvé d'autre pour apaiser ses douleurs.

Chat, souris. Souris, chat. Ces deux mots ne le quittent plus pendant des jours.

Mercredi 12 Mars. Déjà plus d'une semaine que je m'épuise à tirer des bords dans le détroit, au milieu du trafic perpétuel des navires marchands ; et toujours rien à se mettre sous la dent. La traque s'éternise. J'ai pourtant l'impression bizarre que ce n'est qu'un début... Chaque jour, je croise un ou deux objets flottants douteux, des rafiots qui paraissent trop foireux pour être honnêtes, mais aucun ne s'est montré menaçant jusqu'ici. Juste des pêcheurs à tête de pirate. Ou des pirates à tête de pêcheur. Je ne sais pas. Ca finira bien par marcher. Il faut que ça marche.

Chat-souris-souris-chat.
Où êtes vous ?

Les sens accaparés par le flux continu des cargos et les risques exorbitants qu'ils font courir à Iloë, au point même de perdre de vue sa quête dans les instants de tension extrêmes, mon frère veille nuit et jour, ne s'accordant qu'une courte plage de sommeil toutes les heures.

La cafetière n'en finit pas de siffler, de plus en plus vaine et monotone. Pierre vient d'entamer le dernier paquet de café. Il n'y aura bientôt plus de vivres à bord. Une escale s'impose. D'autant plus que les derniers bulletins météo qui ont grésillé sur la radio du bord n'annoncent rien de bon pour les jours à venir ; la dépression qui se creuse au sud de Malacca pourrait rapidement rendre le détroit infréquentable.

A bien y réfléchir, cela tombe à point : il est temps de changer de stratégie. Cette halte contrainte sera une bonne occasion de quitter la haute mer, désespérément infructueuse, pour gagner le rivage de Sumatra.

Selon tous les récits et les rapports plus ou moins officiels que mon frère a étudiés avant son départ, les côtes ne sont pas le terrain de prédilection des brigands ; ces derniers leur préfèreraient l'anonymat du large et des eaux internationales. Pourtant, n'en déplaise aux experts à la soldes des autorités maritimes et de compagnies d'assurance que seul préoccupe le sort des grands navires marchands, c'est bien au creux d'une baie habitée qu'Ellister a été abordé. Dès ses premiers plans de route, entre les murs de son studio toulousain, Pierre avait donc déjà envisagé un repli vers les côtes dans le cas où ses premiers bords au large se révèleraient infructueux. Il change de cap sans réelle désillusion.

Au fond, j'en suis certain, il a toujours eu la conviction qu'un retour dans les parages d'Avu Bay s'imposerait tôt ou tard. Il n'a jamais confessé dans son cahier jaune et bleu la moindre ambition de débusquer les hommes qui ont semé le désastre sur Ellister et dans sa vie. Il y a songé bien souvent mais se savait parfaitement incapable de les identifier, ni leur embarcation dont l'obscurité et la terreur de la nuit ne lui avaient laissé entrevoir qu'une silhouette d'une banalité navrante. Pierre a perçu aux premiers hoquets de son projet que toute sa colère et des décennies de traque ne lui suffiraient pas à mettre le grappin sur les coupables. Il s'est vite résolu à donner à sa cible un contour plus large, reportant en somme tout son appétit de vengeance sur la grande confrérie des pirates de Malacca, une proie plus identifiable et, au moins est-il en droit de l'espérer, plus abordable.

Pourtant, dans les rêves angoissés qu'il décrit régulièrement, ce sont bien les visages confus des bourreaux d'Erick qu'il affronte, c'est toujours dans l'obscurité lunaire qui entourait Ellister et cerné du même relief haché d'Avu Bay qu'il joue le rôle le plus insensé de son existence.

Parfois, après avoir étrillé les assaillants de son sommeil, il retrouve Erick bien vivant, un bras enroulé autour d'un hauban de son catamaran et la tignasse éparpillée par le vent. Sa longue silhouette ondule, fantomatique, incertaine, dans la pénombre. Le skipper le remercie sobrement sans quitter l'horizon des yeux, sans un sourire, à sa manière habituelle.

Mais, le plus souvent, Pierre se réveille en sueur, le souffle coupé ; il se noie dans un bain de sang noirâtre et visqueux sur lequel dérive Ellister, vidé de son équipage et désespérément inaccessible à sa main tendue.

Jamais son imagination ne l'entraîne dans des combats dont sont absents les personnages de son drame passé. Même lorsqu'il est éveillé, je suis certain que mon frère se figure au plus profond de sa douleur que sa route le mènera inéluctablement à eux et à personne d'autre. Sans se l'avouer, comme un espoir déraisonnable qu'on se tait à soi-même.

Avu Bay, pour finir de prendre Iloë dans ses filets, s'impose sur la carte comme l'un des abris les plus proches de sa position.

J'ai du mal à y croire : sans l'avoir vraiment décidé, voilà que je file maintenant à six bons nœuds droit vers Avu Bay ! Je ne sais pas si je le veux vraiment. De toutes façons, je n'ai pas le choix. Et plus j'avance, plus je me dis que ça ne peut pas être un hasard. Je DOIS y aller, ce n'est pas seulement une question de météo ou de navigation.

Plus j'avance, plus mes souvenirs se bousculent aussi. J'ai l'impression qu'ils s'affolent, comme l'aiguille d'un compas à l'approche du Nord magnétique. J'ai à peine dormi la nuit dernière et le mal de tête qui m'a pris hier après-midi ne me quitte pas. Il faut que j'arrive à me calmer un peu, à me concentrer sur mes réglages, à penser à autre chose, peu importe à quoi…Il faut que je me calme, sinon je ne vais pas tenir le coup.

Il doit aussi gagner une ville où avitailler et effectuer quelques incontournables travaux d'entretiens sur son bateau. Son choix est rapide : le port de Pangkalan Kuo, au Sud de la baie, fera l'affaire.

Une dizaine d'heures plus tard, le ketch se glisse sous la capsule de nuages laiteux qui couvre l'île de Sumatra et répand sur la mer une lumière intense et blafarde, comme un plafond de néons. Après s'être déchaîné, le vent n'est – passagèrement – plus de la partie depuis le milieu de la nuit. Pierre s'est autorisé à démarrer son moteur. Il a affalé la grand-voile, l'artimon[2] restant hissé pour atténuer le roulis causé par la forte houle d'Est. Depuis Colombo, la mécanique n'a tourné que quelques heures, pour écarter Iloë de la route d'un cargo ou charger les batteries lorsque l'éolienne et les panneaux solaires du bord n'y suffisaient pas. Entre deux escales, mieux vaut économiser le carburant : un réservoir bien rempli peut être un précieux atout pour s'enfuir ou gagner un abri discret après le combat, même à la vitesse modeste d'un voilier. Mais cette précaution est maintenant superflue ; le port et ses pompes à essence ne sont plus qu'à quelques heures.

Dans la moiteur corrosive de cette matinée presque consommée, Pierre laisse à tribord Pulau Sembilan, le vaste îlot qui ferme la baie d'Avu et fait de celle-ci un abri irréprochable contre les assauts du vent. Puis il poursuit sur deux miles sa descente vers le Sud, jusqu'à Pangkalan Kuo.

En avant du port, hors des endiguements en rochers artificiels, la carcasse imposante d'un chalutier industriel gît sur le flanc, à demi désagrégée par la rouille. Tout près de l'épave, des sacs en plastique ornent la plage marécageuse et un long chapelet de récifs noircis par le mazout. Une image banale de

---

[2] Artimon : voile située à l'arrière d'un ketch, sur le plus court des deux mâts (le mât d'artimon)

dévastation humaine. Comme toujours devant ce spectacle ordinaire, Pierre balance entre révolte et résignation.

Lorsqu'il fera le soir même le compte rendu de ces instants dans son cahier jaune et bleu, il se rappellera une tribune étonnamment fataliste écrite par Erick Blade pour le magazine américain Cruising World, et en retranscrira approximativement ce passage :

Notre terre ne vaut pas mieux qu'un vieux ferry fatigué dont l'entretien élémentaire serait sacrifié aux profits immédiats de ses armateurs, capitaines d'industrie et financiers en tous genres. Soumis, impuissants, parfois corrompus, les officiers du bord, nos présidents et monarques, laissent la rouille et la crasse gagner, les machines se déglinguer. Et nous, simples passagers du monde ? Nous y trouvons aussi notre compte : après tout, voyager à bon marché vaut bien de ne pas être trop regardant sur la sécurité.

Le vaisseau sombrera forcément, comme finissent par sombrer tous les navires délabrés et surchargés des côtes d'Afrique. Nous tous, passagers, équipiers, officiers zélés et armateurs opulents, nous disparaîtrons corps et biens avec lui.

Mi révolté, mi résigné, mon frère ajoute à cette citation que seuls les marins et les aviateurs peuvent avoir pleinement conscience de la fragilité du monde, parce que rien autour d'eux n'est ferme, ni certain, ni définitif.

Sous le tiers supérieur de sa page, il esquisse maladroitement un globe terrestre suspendu comme une boule de Noël à un fil. Puis, reprenant autour de son croquis les mots d'Erick Blade, il s'étonne que toutes les langues humaines, du français aux dialectes amérindiens continuent de prétendre que le soleil se lève à l'aube et se couche au crépuscule.

Croire en un Dieu ou au Père Noël passe encore, mais pas à ça ! Galilée, reviens ! Pourquoi ignorer obstinément que notre vieille planète doit, chaque jour, et avec une lassitude de plus en plus perceptible, faire elle-même sa révolution ? Qu'aucun soleil ne se lèvera jamais pour elle. Qu'elle n'est qu'un dérisoire vaisseau parcourant un univers précaire.

Comme la plupart de ses camarades marins, Pierre éprouve intensément cette précarité et se désespère de l'aveuglement des terriens. Est-ce qu'il agit différemment pour autant ? Il ne cherche pas à s'en convaincre. Traverser la planète en avion pour assouvir sa passion, concevoir une nouvelle carène en matériaux composites : peut-être ses excès sont-ils plus coupables encore que ceux des foules à qui le danger échappe.

Une fois amarré parmi une quinzaine de Bugis, petits chalutiers locaux à l'étrave élancée et aux peintures joyeuses qui clament sans pudeur la relative richesse de leur propriétaire, Pierre voit se presser et grossir autour d'Iloë une foule réservée, presque silencieuse, d'adultes et d'enfants. Tentant maladroitement de dissimuler leur curiosité, ils scrutent aussi discrètement que possible le visiteur inattendu et son embarcation excentrique, que prolonge, planté haut sur le tableau arrière, un insolite pavillon bleu, blanc et rouge un peu délavé mais encore fier.

Mon frère n'a pas le visa d'entrée qu'exige l'Indonésie ; il n'a pu l'obtenir avant son départ, ignorant les dates de son arrivée dans les eaux territoriales et sur les côtes du pays. Il compte donc sur le goût très modéré de la police locale pour des formalités complexes et généralement dévolues aux agents aéroportuaires. Et si les événements l'exigeaient, il ne rechignerait pas à user de ses dollars pour tenter de convaincre un fonctionnaire trop zélé d'employer son talent à de plus grandes tâches.

Il prend son temps pour mettre son bateau en ordre, compléter son inventaire des petites avaries, griffonner la liste de ses prochaines emplettes, verrouiller à double tour tout ce qui peut l'être. Puis il traverse une foule plus éparse en direction de la ville. Il n'a pas le cœur à engager un dialogue avec l'autochtone et se contente de saluer d'un hochement de tête crispé ceux qui l'observent plus fixement que les autres. Il s'étonne de la rage qui monte lentement en lui. Les regards noirs, tout autour de lui, ressemblent tellement à ceux qui dévorent ses nuits ; combien de pirates, ou leurs complices, se sont-ils mêlés à cette multitude docile, jaugeant leur future proie. Quelques pas encore et Pierre ne voit plus dans les ruelles de Pangkalan Kuo que des faciès fielleux, des yeux pleins de menaces, le venin prêt à jaillir derrière des rictus contrefaits.

Il marmonne entre les dents. Vas y, regarde-moi bien… Oui, c'est ça, venez à bord, je vais vous recevoir, croyez-moi !

Venez-je-vous-recevrai-Je-vous-recevrai-venez.   Cette nouvelle litanie contracte ses maxillaires et épaissit tous les traits de son visage. Il n'en sera pas délivré avant son retour au port, où deux policiers en tenue kaki l'attendent placidement. Un peu débraillé, le plus jeune est perché sur la selle de son cyclomoteur, le buste souplement vrillé pour faire face à Iloë. Son pied gauche est en appui sur le repose-pied tandis que l'autre se balance mollement en dessinant des cercles dans le vide. Visiblement plus à son affaire, son compère déambule lentement près du voilier, tour à tour effleurant sa moustache grisonnante du dos de son index gauche puis tirant sur le mégot qu'il tient dans l'autre main ; il inspecte l'objet flottant suspect sous toutes ses soudures. Lorsque surgit la grande silhouette de mon frère, à demi dissimulée par le carton qu'il s'efforce de soutenir contre son poitrail osseux, le moustachu interrompt ses pas et adresse à son collègue un froncement de sourcil entendu.

Pierre doit faire bonne figure, il le sait. Il se satisfera de quelques menus travaux et d'un plein de gazole avant de disparaître. Il n'en demande pas davantage.

Ne pas prendre l'initiative de la parole. Le policier doit rester maître du jeu. Une légère inclinaison du front assortie d'un sourire modeste en guise de salut puis, d'un simple regard, il signale à ses visiteurs qu'il va décharger ses emplettes sur le pont d'Iloë.

Nerveux, il enjambe trop vite les filières, trébuche dans le cockpit, déverse son chargement sans précaution, regagne le quai en deux enjambées.

Le moustachu écrase imperturbablement son mégot, bombe le torse et avance de deux pas en aboyant quelques mots en indonésiens ; l'homme n'a pas vraiment l'air d'un plaisantin. Pierre lui signifie qu'il ne parle pas sa langue. L'autre policier quitte alors le siège de sa mobylette, nonchalant, et s'approche à son tour .

- Vous donnez papiers, s'il vous plait, demande-t-il dans un anglais très incertain.

Mon frère acquiesce d'un mouvement de paupière hésitant, se gardant bien de montrer qu'il maîtrise la langue de Shakespeare et de Bart Simpson – qui lui est plus familier que le premier –, même transformée en petit nègre. Il peut lui être utile, au cas où cet aimable contrôle se transformerait en interrogatoire, de prétendre ne pouvoir s'exprimer qu'approximativement.

Il remonte à bord du voilier, s'enfonce dans la descente, toujours aussi nerveux, saisit sous la table à carte une pochette transparente contenant tous les papiers qu'il a embarqués : passeport, carte d'identité, permis de conduire, certificat de navigation et attestation d'assurance d'Iloë. De retour sur le béton du quai, il tend aux policiers son passeport et les documents du bateau.

- Vous allez où ? interroge placidement le jeune agent.

- Cairns, Australie, ment prudemment mon frère.

Le jeune agent traduit durant une trentaine de secondes, ajoutant sans doute une bonne dose de commentaires. Le moustachu s'adresse à lui comme à un subalterne, et lui souffle visiblement la question suivante :

- Pourquoi vous ici ?

Pierre choisit des mots simples.

- Je suis navigateur ; je veux de la nourriture, de l'eau et du carburant.

Nouvelle traduction interminable, et réaction presque soulagée du chef, qui demande à son interprète de circonstance de s'assurer que l'intrus va quitter au plus tôt sa juridiction.

- Vous pas possible rester ici, OK ?

Le moustachu agite l'index d'un air sévère, comme pour rectifier le ton trop pacifique de son collègue.

Pierre saisit que l'unique préoccupation des deux hommes est de se débarrasser de lui dans les meilleurs délais. Il devine aisément la menace qu'il représente à leur yeux : en restant à Pangkalan Kuo, il les condamnerait à de fastidieuses procédures administratives. L'excès de paperasse est ordinairement une calamité pour les voyageurs ; pour une fois, il sera un allié précieux.

- Je prends du gazole, et je pars, se risque Pierre en désignant la pompe à essence graisseuse qui trône au bout du quai, vers l'entrée du port.

Le chef lisse plusieurs fois sa moustache en le fixant d'un air énigmatique. Sous le crâne de l'agent, quelques milliers de neurones crépitent frénétiquement avant de rendre leur verdict : un plein de carburant est, sinon une garantie, au moins une condition nécessaire pour que ce maudit problème flottant disparaisse à jamais par delà l'horizon. Il donne son accord, d'un signe de tête explicite, que son collègue s'applique inutilement à transformer en mots anglais approximatifs.

- OK, vous essence et partir.

Pierre reprend ses documents et se hisse à bord du voilier sans demander son reste. Les petites réparations qu'il envisageait pour cette escale attendront encore. Il ne consolidera pas le hauban bâbord, dont le câble donne des signes de faiblesse à la hauteur du sertissage inférieur. Il a besoin d'outils, et d'un peu d'aide. Mais il n'y a pas d'urgence. Le plein et adieu !

Iloë, les réservoirs pleins jusqu'à la gorge, s'écarte du quai nauséabond de la station service. Accroupis entre les barques, deux vieillards faméliques en short, peut-être des jumeaux, réparent des filets. Leur nuque est dévorée par les mêmes rides, profondes. Leur torse nu et leurs bras décharnés oscillent en rythme au dessus de leurs sandales, d'avant en arrière, tandis qu'ils tirent à eux les mailles à nouer. Lentement, l'un des grands pères pivote et lève le front vers le voilier, dévoilant un visage terriblement mutilé du nez à l'oreille gauche. Mon frère, qui vient de se courber derrière la barre pour ramasser une amarre, lui adresse aussitôt un large sourire, spontané et chaleureux. L'homme s'immobilise un instant, médusé ; il s'attendait sûrement, de la part d'un étranger, à une réaction de dégoût ou de fuite. Au mieux, d'indifférence. Il esquisse à son tour un rictus hésitant et lève timidement une main.

Pierre le salue en retour.

Il aurait pu prêter à ce vieillard monstrueux un passé de pirate sans merci, de corps à corps au poignard, de combats sanguinolents au moins une fois perdus. Mais c'est un épisode heureux de notre enfance qui lui revient.

A quelques kilomètres de Paimpol, dans un petit village de Bretagne où nous passions nos vacances d'été, habitait aussi un vieux pêcheur défiguré, nommé Bernick. Il avait perdu son nez sur un chalutier en mer d'Irlande, au cours d'une campagne tragique qui avait coûté la vie à un autre membre d'équipage. Il ne devait pas avoir alors plus de quinze ou seize ans ; il disait seulement que sa très longue vie démarrait à peine au jour de l'accident, car ni lui ni personne, pas même sa mère, disait-on, n'avait jamais su son âge précis.

Etrangement, ce malheureux, qui ne cherchait jamais à dissimuler sa disgrâce et ne portait ni masque, ni prothèse, est un joyeux souvenir.

Je me souviens d'un fou rire interminable lors d'un repas, quand, au détour d'une discussion sur les momies égyptiennes, mon père nous avait suggéré de capturer Bernick pour le faire dater au carbone quatorze.

A défaut d'âge précis, il ne manquait pas de sobriquets… Nous l'avions bêtement surnommé « Nez-en-moins », que nous aurions sans doute écrit « Néanmoins ». Je ne sais par quelle magie, « Néanmoins » s'est un jour transformé en « Nonobstant » pour donner naissance dans la foulée à un affectueux « Nono ». Pour les gens du village, il était « l'bernicle ». Non seulement à cause de son patronyme, mais surtout parce qu'il passait de longues journées rivé sur son rocher, comme ces petits coquillages si difficiles à extraire de leur bout de caillou.

La plupart du temps, il ne pêchait même pas : il se contentait d'observer fixement l'horizon et les bateaux rentrant au port. « Nono » était taiseux, mais nous parvenions parfois à lui arracher quelques mots, une histoire, un souvenir de mer. Tandis que les autres enfants, effrayés par le trou béant au milieu de son visage, se tenaient à distance, Pierre aimait sa compagnie. Et il m'avait appris à apprivoiser peu à peu ma répulsion. L'homme nous en était reconnaissant, je crois.

Dans le cahier à spirale, le récit du 12 mars 2008 ne s'attarde pas sur cette histoire ancienne. Mais le bref commentaire qui suit la description de la scène dévoile clairement le réconfort fugace qu'a éprouvé mon frère.

Ce « Nono » indonésien ne saura jamais pourquoi il m'est si sympathique. Il ignore qu'il m'a ramené un instant vers mon enfance. C'était un peu comme des retrouvailles. Des retrouvailles inattendues. J'ai vu aujourd'hui le visage indonésien le plus laid, et sûrement le seul qui me soit agréable.

La prochaine destination d'Iloë n'est pas aussi lointaine que l'espèrent les deux policiers. Mais, au fond de la baie d'Avu, le bateau se trouvera hors de leur vue ; cela suffira pour l'instant...

Mon frère se dit qu'il pourrait bien avoir affaire à eux une seconde fois, si son séjour dans les parages tournait mal. Quitte à les contrarier encore un peu. Il pense bien sûr au désordre que pourrait causer une confrontation avec les pirates, même s'il la sait improbable. Il n'ignore pas que ces derniers répugnent à opérer sur des plans d'eau fermés. La baie manque terriblement d'échappatoires, et elle est au surplus très fréquentée. De l'avis unanime des spécialistes, la mésaventure d'Ellister constitue, une regrettable exception. Regrettable...

Mais Pierre est résolu à tenter sa chance, aussi infime soit-elle. Il n'est ici que pour ça. Il ne vit plus que pour ça. Point final.

Pour gagner la baie toute proche, il doit se battre contre la brise de Nord Est qui lui fait face et ne cesse de se renforcer, tout en esquivant une houle croisée qu'ont déchaînée les hésitations du vent ces derniers jours. Les trente cinq modestes chevaux du moteur ne sont pas de trop pour mouvoir la lourde carcasse du ketch, et il n'est pas question de hisser les voiles pour tirer des bords dans ce chaos liquide. L'escale à Avu Bay est décidemment vitale. Et pressante.

A peine deux milles nautiques après le port de Pangkalan Kuo, deux milles harassants pour le marin comme pour sa monture, Iloë double enfin Pulau Sembilan et s'engouffre dans la profonde baie. La houle s'estompe bientôt totalement. Reste une brise du large puissante qui secoue frénétiquement la végétation sur les crêtes environnantes mais devient plus tolérable à hauteur d'eau.

Pierre met le cap au Nord Ouest, tout au fond de la baie. Sur une carte côtière détaillée, il a repéré un canyon large, accueillant, offrant à première vue un fond propice au mouillage et de hauts remparts contre les vents du large. Les sens en éveil, tout à sa navigation et à sa quête d'un abri sûr, il n'a pas la moindre pensée pour son précédent passage à Avu Bay. Il anticipe, serein, les différentes options de repli dans le cas où le canyon se révélerait impraticable, évalue l'effet des marées sur les anses susceptibles de lui offrir une alternative convenable, bondit sur le balcon avant d'Iloë pour scruter les fonds, revient observer ses instruments : sondeur, radar, anémomètre,... Il est en mode « sauvegarde » et n'en sortira qu'après avoir jeté l'encre, à l'endroit même qu'il avait déniché sur sa carte. Consciencieux, il prend le temps de s'assurer de la bonne tenue de son ancre. Puis, étendu sur sa couchette dans un relatif silence imposé par les falaises qui l'entourent, il s'enfonce dans un sommeil imperturbable d'une bonne vingtaine d'heures, lui qui depuis des semaines n'avait pas dormi plus de trente minutes de rang. Délivré pour un temps de ses trop lourdes angoisses, il sombre entre des escarpements infranchissables comme un enfant dans les bras de sa mère ; le monde peut bien s'effondrer, les océans se déchaîner, il dort en paix.

5

Baie d'Avu

Les nuages noirs se télescopent dans le ciel à une vitesse supersonique. Pierre sort sur le pont. Iloë n'a pas reculé d'un pied. Aucun endiguement ne pourrait mieux faire barrage à la furie des éléments que les parois austères du canyon. Quelques arbustes se cramponnent ici ou là. Tout le reste n'est que roche, à en donner le tournis. La lumière faiblarde du jour peine à se frayer un chemin jusqu'à l'eau. Le ketch semble posé dans un encrier ; il n'est pourtant que treize heures, en ce samedi 15 Mars 2008.

Une pluie torrentielle ne tarde pas à s'abattre sur la baie. Hermétiquement enfermé dans le carré[3], les coudes en appui sur la table à manger et le visage enfoui dans les paumes de ses mains, mon frère somnole encore un peu sous le bombardement assourdissant que subit Iloë. Au claquement à peine audible d'une goutte sur le plancher, il se redresse posément au pied de la table à carte ; il devra améliorer l'étanchéité d'un hublot. Pour l'heure, il ne peut qu'éponger.

Un repas chaud serait le bienvenu. Deux œufs frais, un coulis de tomate et un peu de piment indonésien agrémenteront aujourd'hui le riz quotidien. Le dessert, une sorte de papaye locale, donnera une touche festive de plus au repas et l'augmentera de précieuses vitamines. Côté ambiance musicale, le concert donné par la pluie qui s'écrase en rafale sur le rouf du bateau, façon tambours du Bronx, remplit l'espace d'une présence singulière. En fermant les yeux et en inspirant

---

[3] Carré : partie principale et centrale de l'intérieur d'un bateau, où se situe habituellement table et banquettes.

intensément les parfums mêlés de sa cuisine, Pierre s'imaginerait presque dans l'agitation du Black Shepard, un bar-restaurant branché de Sydney où il a quelque fois traîné ses Dockside jusqu'à l'ivresse et même un peu au delà. Il lui manque bien sûr le goût de la bière ou du vin, les seules boissons alcoolisées qu'il apprécie : son escale expresse à Pangkalan Kuo l'a contraint d'éliminer de sa liste de courses ce qui était superflu, lourd ou encombrant. Il s'est résolu à mettre ensemble toutes les boissons dans cette maudite catégorie. Mais cela ne gâchera pas son plaisir.

Ce samedi là est sûrement le jour le plus léger de son périple. Tout concoure à son apaisement : le repos que lui impose la tempête, la satisfaction d'avoir gagné un abri à toute épreuve, son esprit accaparé par le déchaînement jovial des éléments. Au point que s'évaporent ses obsessions habituelles. Même en plein cœur du théâtre où s'est jouée la tragédie de sa vie, ou peut être justement parce qu'il y est enfin de retour, ses démons prennent enfin quelques congés. Provisoirement.

Neuf heures plus tard, le même soleil survole les nuages opaques mais placides du Tarn-et-Garonne. Ici, l'atmosphère est moins joyeuse. Il y a bien longtemps que les repas à la table familiale n'ont plus le moindre parfum de fête. Nous nous interdisons d'y évoquer mon frère. Mes parents consacrent tout leur temps libre à tenter en vain de le localiser, avec l'aide du ministère des affaires étrangères et de différentes ambassades qui pourraient avoir affaire lui ; nous nous sommes tacitement accordés pour qu'il n'empiète pas en plus sur nos repas. Particulièrement lorsqu'Elsa se joint à nous comme aujourd'hui.

Nous nous gardons de parler de lui, mais cela ne change rien à l'atmosphère. Pierre n'est jamais loin de nos pensées. Quand nous sommes réunis, nous le sentons plus que jamais à nos côtés. Il s'en faudrait de peu qu'il n'ait son couvert à table.

Combien de temps mes parents pourront-ils vivre ainsi dans l'attente et l'incertitude ?

Leur fils n'est pas près de donner de ses nouvelles. Il comptait bien envoyer un e-mail ou une carte postale de sa dernière escale dans la civilisation. Le temps et la sérénité lui ont manqué. Il n'en a pas été particulièrement contrarié dans le feu de l'action, mais maintenant qu'il est libre de penser à nous, il devine et se reproche le désarroi dans lequel son silence nous plonge, la souffrance inutile qu'il inflige à ses parents.

Et Elsa, que ressent-elle ? S'inquiète-t-elle aussi pour lui, en dépit de la distance qui les séparait avant même qu'il ne prenne la mer ? C'est avec elle que Pierre voudrait savourer la tiédeur de son enfermement. Il rêve de se blottir contre la peau opaline de son dos, de dégager lentement ses cheveux pour embrasser sa nuque, de s'enfouir entre ses jambes ouvertes, il rêve de son odeur, de ses caresses, de la langueur des longues matinées d'été dans la pénombre de son appartement. Il saisit un crayon à papier et la dessine nue, longiligne, prédatrice, sur toute la hauteur du journal de bord d'Iloë.

C'est une excentricité à laquelle il ne s'abandonne jamais dans ces pages : il les noircit ordinairement avec une rigueur détachée, ne les agrémente de notes d'humeur, lapidaires, que lorsqu'elles peuvent illustrer utilement les circonstances de sa navigation.

Ses états d'âme, il les réserve à son imposant cahier à spirale jaune et bleu. Je n'ai découvert ce dernier qu'au retour de notre dernier voyage à Darwin, lorsque mon frère me l'a tendu, silencieux. Je l'ai ouvert au hasard d'une page à demi détachée, quelques secondes à peine, et j'ai reçu en pleine face une bouffée de violence inouïe. J'ai refermé le cahier, un peu désorienté, et j'ai demandé à Pierre ce qu'il attendait de moi.

- Lis-le. Et quand ce sera le moment, écris ce qui m'est arrivé.

Son visage grave me pétrifia. C'était celui du printemps 2007, celui des moments les plus sombres. La seule évocation de ce cahier le plongeait dans des douleurs révolues, peut-être, mais visiblement pas oubliées. Je me suis pincé le menton et j'ai seulement répété :

- Le moment ?

- Ne t'inquiète pas, quand le moment viendra, tu le sauras.

Pierre parle peu mais il a toujours beaucoup écrit. Tout jeune adolescent, il tenait déjà une sorte de journal intime. Il le tenait avec une frénésie qui ne laissait de me surprendre, lui consacrant parfois des heures, infiniment concentré, ne lâchant le crayon que pour une pause fugace ou pour me claquer sa porte au nez quand ma curiosité l'agaçait. Je me disais qu'aucun détail de nos vies ne devait y manquer.

Les cinq cents pages de son cahier jaune et bleu sont du même bois : pas une rencontre, pas une odeur, pas une impression oubliées, pas une description bâclée. Quand il n'a pas le cœur à écrire, c'est une journée entière qui manque. Mais jamais, même dans les pires instants, il ne retient ses mots après s'être élancé.

Au fond d'Avu Bay, pour la première fois depuis son départ et sans doute depuis de nombreux mois, un être humain lui manque.

Elsa, que ressens-tu ? Penses-tu encore à moi ?

Pierre ignore bien-sûr qu'elle est à mes côtés ce samedi là. Mes parents se sont écartés après le repas pour prendre leur café et faire quelques pas dans le jardin ; affalés dans les fauteuils moelleux du salon, elle et moi nous retrouvons face à face, presque silencieux. Ce sont surtout nos sentiments pour mon frère, même différents, qui nous rapprochent et nous unissent. Nous avons toujours éprouvé un certain bien-être à nous côtoyer, sans vraiment en discerner la raison, mais Pierre est le seul véritable point d'intersection de nos existences. Comme nous n'avons l'un et l'autre aucune intention de parler de lui, nous nous satisfaisons de bouts de conversations, sur nos connaissances communes, nos études, nos projets. Et nous

nous sentons étrangement bien.

Sous le volet roulant à demi fermé du salon se faufile un large ruban de soleil, inattendu, qui envahit le tapis écru et la table basse jusqu'à nos tasses fumantes. La chaîne hi-fi joue Nevermind de Nirvana ; c'est le choix d'Elsa et, finalement, un autre point commun... Sa longue gorge blanche déglutit lentement l'Earl Grey parfumé que lui a préparé ma mère selon un rituel presque immuable. Moi, je ne peux plus m'empêcher d'éprouver du désir pour elle. Nos genoux s'effleurent une première fois ; Elsa ramène lentement sa jambe vers le fauteuil. Nos regards se croisent furtivement ; je détourne le mien vers les profondeurs du jardin, un peu embarrassé de la chaleur qui monte en moi, un peu inquiet de l'ivresse qui me gagne. Ne pas s'égarer. Elle bascule la tête en arrière du dossier, ferme ses paupières. Nos genoux se rejoignent à nouveau, restent cette fois en appui l'un contre l'autre. J'ignore si Elsa perd vraiment la maîtrise de son corps, emportée par la même vague brûlante qui me submerge, ou si elle feint adroitement de s'assoupir, de ne plus contrôler ses postures, pour se laisser glisser vers moi. Je ne crois pas en tout cas qu'elle s'endorme. Comment savoir ? Complaisamment ou pas, elle s'abandonne à mon regard. Plus rien ne peut me défendre d'explorer sa bouche entrouverte, qui soulève à chaque expiration une mèche ondulante de cheveux cuivrés. Le soleil s'éclipse un long moment puis réapparaît plus ardent. Je savoure les petits seins d'Elsa, rehaussés par la dentelle fine d'un Wonderbra ; ils pointent et palpitent entre les boutons d'un chemisier blanc négligemment ouvert. Sous les plis de son jean usé, je devine sa chair laiteuse et chaude, une plage de sable blanc. Elle s'offre davantage au fil de ses respirations. Mon désir enfle, mon cœur s'affole invinciblement, tous mes compteurs sont dans le rouge. Je ne réponds plus de moi. Comme pour m'éviter de me voir sombrer, mes paupières se cadenassent à leur tour, derniers remparts, dérisoires, avant l'irréparable. Nos jambes s'entremêlent maintenant, et...

J'éprouve encore trop de douleur et de regrets à envisager ce qui ce serait produit un peu plus tard si, derrière nous, mes parents n'avaient franchi le seuil de la grande baie vitrée. Tandis qu'ils posent leur tasse bruyamment sur la table de la salle à manger, je m'efforce de reprendre mes esprits. Elsa et moi avons rassemblé nos jambes et rouvert un œil prudent, d'un même réflexe. Ma mère n'est certainement pas dupe de notre aplomb soudain et contrefait. D'un air entendu, elle prétend que notre assoupissement est un hommage à la qualité de son repas. L'incident est clos avant même de se produire.

Pourtant, après cette journée, et jusqu'au retour de Pierre en vérité, Elsa s'efforcera de mettre entre nous une distance inhabituelle. Elle espace ses visites chez mes parents, sans manifester la moindre froideur, utilisant des prétextes que moi seul parviens à déchiffrer ; elle ne m'appelle plus au téléphone, ne surgit plus sur mon mur Facebook comme elle le faisait souvent pour obtenir quelques nouvelles de moi, et – qui sait ? – de Pierre.

Je sais qu'elle a raison, que je ne peux ni ne dois rien espérer. Je sais que le hasard de nos vies nous a imposé mon frère aîné comme seul trait d'union ; même loin de nous, il le restera. Ma tentation, aussi insoutenable soit-elle, ne fait pas le poids face à cette fatalité. Je n'ai pas non plus la force de caractère d'Elsa, ni le courage de Pierre pour affronter des vents trop résolument contraires. Alors, je me contente d'errer les soirs de blues sous les fenêtres de mon amour impossible, avec le projet vain de l'entrevoir, sans jamais oser franchir le seuil de sa porte. Mes résultats universitaires en pâtissent, mes amis me trouvent taciturne, je fuis les soirées et les chasseresses trop pressées de me consoler. Mais ce n'est pas le pire. Mon grand frère, pour qui j'ai toujours eu tant d'affection et d'admiration, ne me paraît plus qu'un obstacle à mon désir. Pierre a fui, déserté nos vies, sans se soucier de nous, et que m'a-t-il laissé ? Juste un écran indépassable entre Elsa et moi. Quand sonne le téléphone, je ne peux plus me défendre d'espérer, autant que je la redoute, la nouvelle de sa mort. Bien-sûr, je me révolte contre mes pensées. Bien sûr, elles resurgissent à la première occasion. Le bonheur immense de nos retrouvailles, quelques mois plus tard, suffira à les chasser. Mais guérir d'Elsa sera beaucoup plus long.

C'est une certaine Anna – notre relation n'est sûrement pas étrangère à la consonance familière de son prénom – qui me sortira bientôt de ce mauvais pas, avec la patience et l'opiniâtreté providentielles d'une jeune femme amoureuse. Elle m'offrira un refuge, puis un nouveau départ. Sans elle je me morfondrais encore dans mes rancœurs et mes désillusions, en éternel adolescent. Ce n'est pas un hasard si Anna continue de partager ma vie alors que je n'avais connu avant elle que des liaisons éphémères.

Je ne dirais certainement pas qu'Elsa m'est devenue indifférente. Certainement pas. Elle restera pour moi une sorte de modèle inaccessible. Mais je n'éprouve plus de douleur à vivre dans ses parages, ou bien la douleur est plus confuse.

Au petit matin, un rayon de soleil furtif parvient à se glisser jusqu'à Iloë, sous les nuages plus épars. Des vents d'altitude puissants et désordonnés continuent néanmoins de les agiter.

Il est juste un peu plus de six heures. Au sommet des falaises, de violentes rafales bousculent les arbustes ; il faut attendre encore avant de reprendre la mer.

Le café du matin est moins joyeux que le dîner de la veille. Pierre a reconstitué son stock de sommeil pour le mois à venir et la journée s'annonce longue. Un bref coup d'œil lui suffit à vérifier que l'ancre n'a pas bougé depuis sa dernière inspection, en milieu de nuit. Il n'était pas inquiet. Il ne pleut plus mais le pont est trempé ; il semble avoir été lessivé, décrassé au Kärcher. Les récupérateurs d'eau douce débordent. N'était la météo inamicale, Iloë est paré à poursuivre son aventure.

L'aventure… Cela fait cent vingt cinq jours que mon frère a pris la mer, et plus d'un mois et demi qu'il sillonne vainement le détroit de Malacca dans toutes ses largeurs. Le voici maintenant prisonnier de cette baie d'Avu où il rêvait de revenir vengeur et conquérant. Enchaîné, incapable du moindre mouvement. Un nouveau piège se refermerait-il sur lui, traîtreusement ?

Piégé ? Non, cette putain de baie ne m'aura pas une seconde fois !

Piégé-non-tu-ne-me-piègeras-pas. Il répète cent fois ce nouveau leitmotiv en parcourant d'un regard vipérin les falaises qui lui semblaient un abri sûr et apaisant à peine quelques heures plus tôt. Puis il se ressaisit, rassemble ses esprits, s'efforce de se concentrer sur ses objectifs, trop longtemps négligés, parvient peu à peu à renouer avec la haine et le désir de revanche si nécessaires à son combat.

Pas plus que d'habitude il ne se défait de sa nouvelle litanie. Il parvient seulement à la cantonner en arrière-plan de sa pensée. Piégé-non-tu-ne-me-piègeras-pas.

Il n'a pas posé la main depuis des jours sur son pistolet mitrailleur. Il avait imprimé avant son départ des pages d'explications théoriques et de schémas obscurs sur le maniement de ce type d'armes, qu'il a eu tout loisir de potasser en mer. Peu après son escale de Colombo, en plein Océan Indien, il s'est aussi offert une séance de tir assez surréaliste ; la houle n'est pas une cible idéale pour ce genre d'entraînement, mais il y a au moins vaincu ses premières appréhensions. Et il s'est familiarisé avec le recul, moins anodin qu'il ne le supposait, du Mini-Uzi.

Après un intermède d'euphorie, le temps d'une soirée, et un sommeil réparateur, Pierre n'a pas tardé à retrouver la rage d'en découdre. Cette fois, c'est à lui de passer à l'offensive. Rien ne doit l'en empêcher. Piégé-non-tu-ne-me-piègeras-pas. Il a un plan, une arme, la détermination nécessaire. Les chances sont de son côté. Sans doute éprouve-t-il le besoin de s'en convaincre, de se prouver sa puissance, de s'assurer qu'il est fin prêt pour l'action. Il empoigne son Mini-Uzi, remplit un chargeur de munitions et, après avoir rejoint le cockpit en deux enjambées, le vide hargneusement sur un groupe d'une vingtaine de mouettes réfugiées sur les rochers, à quelques longueurs d'Iloë.

Je crois n'avoir jamais vu mon frère tuer une créature vivante. Je me souviens surtout de lui agenouillé près d'une piscine ou au bord d'un étang, portant secours à toutes sortes d'insectes qui se débattaient à la surface. Je l'imitais, en benjamin admiratif. Je me rappelle ma mère pestant, elle qui craint jusqu'à l'hystérie les guêpes et les abeilles, lorsque Pierre les saisissait entre ses doigts nus. Même les frelons méritaient notre compassion ; nous prenions seulement la précaution de les asphyxier un peu en les immergeant au bout d'un bâton avant de les propulser vers les buissons, loin de nous... Enfant, Pierre ne voulait pas devenir pompier, cascadeur, ni astronaute, encore moins marin, mais gardien de zoo et, un peu plus tard, entomologiste. Si sa passion des bêtes en tous genres s'est émoussée par la suite, elles ne lui sont jamais devenues indifférentes au point qu'il s'autorise à prendre gratuitement leur vie.

Cinq ou six mouettes ont littéralement explosé sous l'impact des balles, maculant la roche de leur hémoglobine pourpre ou écarlate au gré de l'intermittence incessante d'ombre et de lumière. Dans le vacarme apocalyptique des coups de feu, démultiplié par les hautes parois, les oiseaux épargnés se sont enfuis en poussant des miaulements de stupeur plus que d'effroi. Sur l'eau, tout autour, se répandent les plumes déchiquetées. Elles figurent une écume inattendue, à laquelle se mêlent peu à peu les filets sanguins qui ruissellent le long des cailloux. Pierre ne ressent pas de jouissance particulière, encore moins de remords, juste un soulagement, une libération. Et la conviction illusoire de tenir dans ses mains tout le pouvoir nécessaire. Piégé-non-tu-ne-me-piègeras-pas.

Moi qui ne connais rien à la mer, ou si peu, j'aime les

mouettes. Même égarées à deux cents kilomètres des premières côtes de Méditerranée, même survolant une décharge d'ordures en quête de nourriture fétide, les voir suffit à me projeter dans les grands espaces où les clichés faciles et les toiles de mauvais peintres les placent habituellement.

Mon frère, au contraire, leur manifeste une sorte de mépris. Comme la plupart des gens de mer. En entrant à l'âge de vingt ans dans l'univers clos des marins professionnels, il a épousé en bloc leurs conventions, leur langage, et même quelques unes de leurs superstitions, souvent feintes mais inestimables pour distinguer les membres de la famille... Sa piètre estime des mouettes n'est pourtant pas qu'une affaire de conformisme. Il leur préfère sincèrement les colverts de notre campagne natale, les oies sauvages et autres migrateurs de toutes espèces. Pierre ressent la même fascination à chaque fois qu'un groupe de ces voyageurs acharnés croise sa route. Il aime leur vol précis, tendu et leur apparente désinvolture, cette illusion d'aisance qui dissimule un combat acharné contre la pesanteur. Il aime leurs trajectoires rectilignes d'avions de chasse, et les parfums de pays lointains qui traînent dans leur sillage comme pour exciter l'imagination des terriens. Il fond d'admiration pour les juvéniles qui, pour leur première migration d'automne, traversent le monde vers une destination précise dont ils ignorent tout.

Ces oiseaux là sont prêts à tous les paradoxes. Prêts payer le prix de leur liberté, à dépasser leurs peurs et leurs souffrances. Tout, selon Pierre, élève les migrateurs plus haut dans la hiérarchie des volatiles que les mouettes, bêtes paresseuses et criardes qui n'ont d'autre destin que de se laisser porter par les courants pour fondre ici ou là sur une proie facile. Jusqu'aux décharges des villes.

Mais un dédain aussi inoffensif ne peut expliquer seul le geste contre nature de ce matin, cette fièvre meurtrière subite, l'absence de scrupule ; tout au plus y a-t-il contribué, en attisant la haine qui boue depuis des mois dans les entrailles de mon frère comme un volcan attend son heure.

Pierre ne s'attarde pas sur la nature morte qu'il a composée. Il la voit à peine. Ce qui le préoccupe, c'est le niveau sonore phénoménal de sa pétarade. Il n'avait pas pensé – mais cela aurait-il stoppé son élan ? – que les falaises produiraient un écho de cette ampleur.

Je n'ai pas remarqué une seule ferme, pas une cabane, avant d'atterrir ici ; je ne crois pas qu'il y ait foule dans ce coin perdu. Mais les décibels courent vite et loin sur l'eau, et le tonnerre n'est plus là ce matin pour faire diversion. J'aimerais vraiment m'éclipser sans tarder …si la météo le veut bien. Elle finira bien par s'améliorer. Le plus vite sera le mieux.

Piégé-non-tu-ne-me-piègeras-pas. La litanie refait surface. Le vent, lui, n'a pas encore cessé de faire ses gammes dans les haubans. L'afficheur de l'anémomètre ne monte pas bien haut au fond de la crique mais il suffit d'observer la végétation aux arrêtes des escarpements pour mesurer la brutalité des rafales ; elles semblent seulement plus espacées. Quant à l'aiguille du baromètre, elle commence à remonter avec une bonne volonté palpable. D'instinct ou d'expérience, Pierre est convaincu que la perturbation vit ses dernières moments.

8h20, heure locale : il a fini de se préparer à un départ qu'il voudrait imminent ; il se penche avec appréhension sur l'ordinateur du bord pour découvrir le bulletin météo Navtex du matin. Les éminences grises chargées de percer les secrets du temps de toutes les mers du globe, armées de leurs calculateurs ultra puissants, confirmeront-t-elles l'intuition d'un marin isolé, infinitésimal face aux éléments ? Quoique n'appartenant pas à la horde des grincheux qui raillent les services météorologiques à tous les comptoirs, mon frère ne s'illusionne pas sur leur précision ; il leur accorde l'attention que mérite un avis humain compétent, incontestablement éclairé par des modèles statistiques affûtés. Il les considère avec intérêt, avec le respect inné que lui inspire toute manipulation virtuose des mathématiques. Mais il ne leur fait jamais porter le poids entier de ses décisions.

Le texte, comme toujours très sommaire, envisage prudemment un retour progressif à la normale ; l'avis de fort coup de vent, en vigueur depuis deux jours, est maintenu. Il pourrait néanmoins se transformer en avis de grand frais pour la nuit à venir. La porte de sortie est bien en vue.

Combien de temps peut-il encore s'autoriser à rester ici ? Piégé-non-tu-ne-me-piègeras-pas.

Avec un peu de chance, la situation progressera suffisamment vite pour qu'il puisse appareiller dès les prochaines heures. Mais rien n'est plus incertain…

Pierre pèse les risques et conclut rapidement : il lèvera l'ancre avant midi, quitte à se diriger vers un autre abri repéré à l'extrême Nord de la baie.

J'ai toujours été admiratif de sa capacité à décider presque instantanément, jusque dans les circonstances les plus confuses. Je me suis souvent efforcé de suivre son exemple. En vain.

Quant à mon père, il était visiblement tiraillé entre fierté et agacement lorsque, adolescent et peut-être même plus jeune encore, son fils aîné suggérait avant lui une décision qui devait s'imposer. Il paraissait en quelques sortes atteint dans les responsabilités de chef de meute qu'il se figurait – en vérité, il les partageait amplement avec ma mère –, affaibli dans son devoir paternel de nous guider, de nous épauler, diminué dans ses certitudes mêmes. Un dimanche de ce terrible hiver 2008, il m'a confié n'avoir vraiment pris la mesure de son vieillissement qu'à l'adolescence de Pierre ; à quarante ans tout juste passés, le physique encore frais et les rêves presque intacts, il aurait pu garder l'âme juvénile si son fils ne lui avait involontairement signifié qu'une autre époque commençait, que se mettait en route un implacable compte à rebours. Après une brève plongée dans mes propres souvenirs d'adolescence, je lui ai répliqué qu'on devient en contrepartie adulte lorsque sa propre raison commence à rivaliser avec celle de ses parents, qu'on peut enfin parler d'égal à égal avec eux, contester leurs certitudes, avoir quelques fois le dernier mot… Tandis qu'on se sent entrer dans leur monde, le monde des adultes, ceux-ci le quittent pour celui des « vieux ». C'est le moment où nos destins se séparent inéluctablement. Le moment où s'éteint la complicité si singulière des premières années.

Sans amertume, nous nous étions accordés sur cette conclusion : nos liens sont malgré tout inusables ; l'épreuve que nous imposait Pierre nous le rappelait chaque jour.

Mon frère est sur le pont depuis au moins une heure, les sens en éveil, scrutant le ciel d'un œil et guettant de l'autre les abords de la crique aux endroits où pourrait surgir une présence inamicale. Rien de bien nouveau sur ces deux fronts. Qu'est ce que cela changerait de toutes façons ? Pierre sait maintenant qu'il doit partir. Affronter les dangers de la mer ne l'effraie pas ; il sent même jaillir en lui des flots d'adrénaline, l'envie de se battre et d'en découdre, même si ses vrais ennemis ont plus que jamais déserté le ring. Il inscrit au journal de bord d'Iloë :

10h50 : j'ai resserré tous les boulons, tout amarré solidement, j'ai bien vérifié l'état de mon moteur (je dois pouvoir compter sur lui au milieu de tous ces cailloux !). En avant !

L'ancre se cramponne au fond rocheux. Elle refuse obstinément de remonter. Pierre s'arcboute sur le levier du guindeau, donne des à-coups sur la chaîne, court de l'étrave au cockpit, enclenche la marche avant, court à nouveau, refait la même manœuvre, deux fois, puis une troisième, et finit par dégager Iloë. Ce n'est rien de plus qu'un bon échauffement. Son humble mécanique poussée au maximum, le voilier sort de la crique avec suffisamment d'élan pour conserver à peu près son cap lorsqu'une première rafale fait assaut sur son travers tribord. Si la houle reste très modérée dans la baie, le vent de Nord, plus virulent que ne l'espérait mon frère, blanchit la surface de l'eau à perte de vue. Le moteur seul, même à pleine puissance, ne lui permettra pas de se déhaler. Il faut impérativement l'épauler, vite, envoyer quelques centimètres carrés de toile, méticuleusement préparés au mouillage, et tirer un premier bord en direction du Sud pour fuir les dangers du rivage.

Aussitôt hissés, l'infime parcelle de grand voile et le robuste tourmentin[4] battent et claquent de toute leur hargne ; puis Iloë se couche littéralement sur tribord lorsque Pierre, concentré, les mains fermement agrippées à la barre, prend son cap. Le ketch est en marche, et dans la bonne direction ! A mesure qu'il accélère, son mât se redresse, imperceptiblement, un degré d'angle après l'autre. Le moteur ne semble pas souffrir de la gîte excessive et tient convenablement son rôle. A chaque ruade de la poupe, il crache consciencieusement son eau de refroidissement et une belle fumée grise qui se disperse aussitôt.

Il est finalement hors de question de s'approcher d'un nouvel abri ! Même si le plus fort du coup de vent est passé, la manœuvre serait mille fois plus périlleuses que lors de son arrivée, deux jours plus tôt. Pierre doit se tenir à distance des rivages, où les vagues roulent et se fracassent en grondant comme des tambours de troupe. Il sortira de la baie en direction du large, en prenant garde aux branches et aux arbres arrachés qui dérivent vicieusement autour de son étrave. Piégé-non-tu-ne-me-piègeras-pas.

14h30 : après avoir tiré des bords interminables, suis enfin sorti d'Avu Bay. Cap au 120°. Mer grosse, parfois très forte, mais à cette allure Iloë reste manœuvrant. Attendre que ça passe.

Attendre que ça passe… La météo avait vu juste. Ce n'est qu'en début de nuit que la dépression commence à perdre de sa vigueur. La houle, elle, continue de bousculer Iloë jusque dans la matinée suivante, puis s'efface lentement. A dix sept heures, les conditions de navigations sont presque revenues à la

---

[4] Tourmentin : voile de tempête, résistante et de surface très réduite, qui peut être hissée à l'avant du bateau.

normale. Pierre est assurément sorti du piège et son esprit libéré définitivement de son leitmotiv. Un autre prendra sans doute le relais. Plus tard.

6

Belawan

Déjà plus de quatre mois de navigation. Il faut à tout prix trouver un moyen d'appâter les pirates. Après la diversion rafraichissante que lui a offerte le déchaînement des éléments, mon frère revient à son obsession avec une résolution nouvelle : revoir sa tactique, ne plus se contenter d'errer sur des eaux désespérément désertes, prendre fermement en main les rennes de son projet. Puisqu'ils sont inaccessibles en mer, où ses ennemis se tapissent-ils, sinon à terre ? Et où rencontre-t-on des pirates à terre, sinon dans les lieux les plus infréquentables, les plus clandestins ?

Il ira donc les dénicher, eux ou leurs complices, agitera des richesses qu'il n'a pas comme on traîne des leurres à maquereau, puis attendra leur assaut sur un parcours côtier habilement dévoilé. Provoquer le duel, s'octroyer le choix du lieu et de l'heure. La bataille prend une autre allure.

Pierre garde en mémoire les images de ce programme de la BBC sur Barbe Noire qui l'a entraîné, voici près d'un an, vers le large. On y voyait les brigands dilapider leur butin dans la moiteur et le désordre des maisons closes, frappant de leur choppes débordantes de mousse les tables de tavernes obscures, les genoux chargés de femmes sommairement corsetées et le poing – ou le crochet ! – paré à rejoindre l'une des bagarres qui s'enchaînaient joyeusement... Les séquences de mauvaise fiction qui prétendaient illustrer le documentaire historique tiraient des pirates des portraits débonnaires ; mon frère est sans doute le seul téléspectateur à n'avoir vu en eux que d'abjects criminels, de la race maudite des assassins d'Erick

Blade. Il écumait de rage devant l'écran.

Il sait bien sûr la différence entre des clichés médiocres et la réalité insaisissable qui l'attend. Sumatra n'est pas le monde simpliste de Peter Pan ou de Jack Sparrow. Il s'est suffisamment documenté avant son départ pour saisir que la culture locale ne porte pas à des effusions spectaculaires, qu'il devra compter sur tout ce qui lui reste de malice, de patience et de lucidité pour accéder à son Graal.

Même si l'épreuve policière de Pangkalan Kuo s'est conclue sans frais, il est hors de question de se risquer à gagner un port. Quant à la baie d'Avu, qui se trouve maintenant à soixante quinze milles entre l'Ouest et le Nord-Ouest, Iloë et son skipper s'abstiendront jusqu'à nouvel ordre d'y montrer leur nez, le temps de se faire oublier.

Pierre jette son dévolu sur la zone côtière proche de la petite ville de Belawan. Il ne lui faudra pas plus de cinq heures de navigation pour la rejoindre. Le rivage, bien avant l'estuaire et le port de marchandises gagné sur la mer, offre d'après les cartes quelques possibilités de mouillage discret et des accès rapides vers la ville, vraisemblablement à travers champs. Il y a peu de relief et les terres semblent hachées par un entrelacs de rivières, de canaux et d'étangs. Mon frère suppose à juste titre que les autochtones ont prévu le nécessaire, passerelles ou bacs, pour permettre leur franchissement.

Les deux guides d'Indonésie qu'il a embarqués décrivent Belawan comme une petite ville ouvrière et portuaire bordée de parcelles agricoles, sans le moindre intérêt touristique, une banlieue industrielle de Médan, métropole foisonnante de deux millions et demi d'habitants située à une dizaine de kilomètres à peine.

Mon frère a aussi relevé avant son départ que cette cité d'apparence paisible était mentionnée dans plusieurs affaires de piraterie, dont l'une avait fait grand bruit à en croire le nombre d'articles référencés sur les moteurs de recherche : en mars 2005, un vaisseau d'intervention rapide de la marine indonésienne en mission de surveillance a porté secours à un chalutier industriel victime d'un détournement. L'intervention avait été engagée sur la foi d'une alerte transmise, quelques jours ou quelques heures plus tôt, par les services de renseignement du pays. Les agresseurs refusèrent de se soumettre aux injonctions des militaires. Paniqués et ne pouvant compter sur des moteurs trop faibles pour prendre la fuite, ils choisirent d'ouvrir le feu tout en utilisant leurs otages comme boucliers. Mais la marine n'hésita pas à riposter et finit par envoyer le chalutier, corps et biens, par le fond. Aucun des douze membres d'équipage du bateau de pêche ni aucun des sept pirates ne survécut à cette confrontation. Ces derniers étaient tous originaires de Belawan et de ses alentours.

Des dizaines d'autres confrontations, moins meurtrières quoique parfois tout aussi violentes, étaient relatées ; elles n'ont jamais terrifié Pierre, qui se considère résolument comme une menace, non une victime, pour ses adversaires. Il est aujourd'hui d'autant plus confiant qu'il va ajouter une arme déterminante à sa maigre panoplie : le choix du lieu et de l'heure. Le temps des chats et de la souris est révolu.

Abandonner son bateau est un déchirement. Le mouillage, dans une large et luxuriante calanque parsemée d'ilots, offre à peine plus de profondeur que la quille n'en réclame, mais il est sûr et peu exposé à la vue. Cependant, mon frère craint par dessus tout qu'Iloë soit pillé en son absence. A défaut de pirates expérimentés venus du large, des vagabonds, des indigents de passage pourraient être alléchés par le luxe supposé de ce qui a toute l'apparence d'un voilier de tourisme. Pierre multiplie donc les précautions et les renouvellera lors des prochaines excursions. Il emballe son arme, ses dollars et son ordinateur portable dans des sacs étanches pour les dissimuler consciencieusement sous des amas de galets et de branches, en trois lieux distincts qu'aucun regard indiscret ne peut atteindre depuis les rives environnantes. Il dégonfle à demi son annexe pneumatique, la glisse sous des arbustes en prenant soin de ne pas la crever. Les rames, largement suffisantes pour couvrir la cinquantaine de mètre séparant Iloë du rivage, trouvent place dans un autre taillis. Le gonfleur à main, quoiqu'un peu encombrant, ne quittera pas le sac à dos. On ne sait jamais…

Pierre escalade sans peine le rivage humide, traverse une succession de champs bourbeux et de rizières, déserts, rejoint un chemin de terre défoncé par les bœufs et les engins agricoles, franchit un étroit ruisseau verdâtre, puis un autre plus large mais peu profond. Le chemin suivant est prolongé d'un pont brinquebalant qui enjambe un vaste et paisible cours d'eau avant de déboucher sur une route sommairement goudronnée, criblée de nids de poule.

Les indonésiens qu'il croise, dans leur camion ou sur leur cyclomoteur, ne lui prêtent aucune attention particulière. Il a songé à en arrêter un pour s'assurer qu'il chemine dans la bonne direction, mais il y a finalement renoncé. Il se contente de s'écarter vers les hautes herbes des bas-côtés à chaque fois que passe un triporteur pétaradant. La topographie chaotique laisse peu de choix au marcheur entre la direction de la mer et celle de la ville. Aucun risque de faire fausse route. D'ailleurs, les premières cheminées industrielles de Belawan et leur fumée blanche émergent bientôt derrière un rideau compact de ficus buissonnants. Elles ne sont déjà plus qu'à quelques centaines de mètres. Mais de l'autre côté de l'embouchure du fleuve Deli !

Un peu plus loin vers l'amont, Pierre traverse un village de taudis et de cabanes flottantes reliées par des pontons de bois sommaires, où se répand peu à peu autour de lui une troupe presque silencieuse de gamins en haillons. Les habitations font face à la ville, qui se déroule au long de l'autre berge jusqu'au terminal portuaire. A bonne distance malgré l'étroitesse des ruelles, les enfants le dévisagent en riant sous cape des commentaires qu'ils se glissent à l'oreille. Des vieillards et quelques femmes, somnolant dans des hamacs ou accroupis au seuil de leurs cahutes, jettent à Pierre un regard furtif. Lui ne leur rend pas davantage d'attention ; il n'a d'autre but que de trouver un embarquement pour gagner Belawan. Il se dirige droit vers le ponton auquel sont amarrées quatre barques étroites à moteur hors-bord. Celles-ci sont ballotées par les déferlements ininterrompus que provoque le trafic intense sur le fleuve. Deux jeunes pêcheurs à la peau tannée démêlent leurs filets. Mon frère leur désigne sa destination en leur tendant un dollar. L'un d'eux se lève d'un bond et lui fait signe de prendre place dans son canot. Un dollar, c'est plus qu'il ne peut attendre de la marée du jour.

Il est près de dix sept heures. Pierre s'enfonce dans le tumulte de la ville sous un soleil déclinant. Il en fera de même toutes les fins d'après-midi des deux semaines suivantes, ne négligeant jamais de rejoindre le bord d'Iloë à la lumière de sa lampe frontale entre le milieu de la nuit et l'aube, dissimulant et reprenant sur le rivage ses biens les plus précieux avec les mêmes interminables précautions, parcourant le même interminable chemin à l'aller et au retour, retrouvant inlassablement le même pêcheur, qui l'attend fidèlement à l'embarcadère.

Ses tout premiers errements le conduisent dans des bars ouvriers miteux et dépourvus d'intérêt mais, de rencontre en rencontre, Pierre commence à pénétrer des lieux plus malsains, où il étale aussi ostensiblement qu'il le peut les quelques poignées de dollars qu'il possède. Toujours sur ses gardes, avec une réserve naturelle dont il ne parvient pas tout à fait à se départir et qui, finalement, inspire davantage confiance qu'elle ne tient les curieux à distance, il désaltère sans compter ses nouveaux amis, buvant lui même bien moins qu'il n'y paraît.

Une faune de plus en plus dense s'agglutine autour de lui sous les lumières bleutées du « Jeruk », un bouge pseudo moderne où il passe durant les six derniers jours le plus clair de ses nuits. Beaucoup ne parlent que le malais et sont incapables d'échanger le moindre mot, mais tous sont peu à peu convaincus d'avoir conquis l'amitié naïve et généreuse de mon frère.

Celui-ci ne se montre pas plus ingrat avec les jeunes femmes affectueuses qui se jettent à son cou, ne rechignant pas à l'occasion à se laisser entraîner vers le bordel paisible et assez convenable qui se niche un peu plus bas dans la même rue.

L'endroit est fréquenté par des européens. Il y croise un italien barbu et un hollandais bedonnant, âgés tous deux d'une cinquantaine d'année, qui n'ont pas l'apparence de touristes. Sans doute des expatriés.

La mère maquerelle qui l'accueille a un beau visage, pétillant, des traits délicats soulignés par quelques rides expressives, un cou long et fin. Mais ce portrait séduisant semble avoir été greffé par erreur sur un corps pataud, parfaitement incongru. Son buste lourd et massif, quoique d'une corpulence tout juste moyenne, est campé sur des jambes cylindriques, épaisses comme des quenelles, qui se rejoignent presque aux genoux en formant un vague X. Affublée d'une démarche désopilante qui balance rudement sa jolie frimousse de droite a gauche, elle retrouve une grâce improbable lorsqu'elle revient se glisser derrière son comptoir. Le hall exigu, aux murs encombrés de scènes défraîchies du Kamasoutra et de tentures rougeâtres, se remplit alors à nouveau de son sourire ensoleillé, de la malice de son regard, de son charisme.

C'est une femme comptoir, comme il existe des hommes troncs.

Il la rejoindra deux fois avec la même fille. Yuni, singulièrement habile à envelopper d'une infinie douceur l'exubérance de ses effets de jambes et de poitrine, n'a pas eu de mal à le prendre dans ses filets. Dans la pénombre d'une alcôve de fortune, lui n'espère pas beaucoup mieux que de s'extraire un moment de la compagnie abjecte des clients du Jeruk, qu'il s'impose soir après soir avec un dégoût grandissant. Il s'abandonne aux caresses virtuoses de Yuni en se projetant dans les bras d'Elsa, puis les quitte toutes les deux, silencieux, morose, négligeant même de saluer ses méprisables compagnons avant de regagner Iloë.

Le propriétaire du Jeruk, un certain Bagus Ahsan, parvient à s'exprimer dans un anglais approximatif. Apparemment plus respectueux des mœurs musulmanes que les autres, il est l'un des seuls à délaisser la Bintang, bière locale, pour un verre de thé fumant. Lors de ses apparitions épisodiques, la clientèle comme les employés lui manifestent un respect qui ne trompe pas sur son statut de parrain. Il se déplace sans garde du corps ; le molosse qu'il tient au bout d'une bride de cuir rivetée suffit à rappeler à qui l'oublierait la déférence due au propriétaire des lieux. Le cou épais et les babines pendantes, chien et maître se ressemblent furieusement.

Bagus Ahsan est accompagné de son fils, un demeuré d'une trentaine d'années. Aussi filiforme que son père est gras, il est généralement appelé Febri, quelquefois Febriah, mais ne réagit à aucun de ces noms.

La démarche de Febri est saccadée, presque mécanique. Le regard à peu près fixe et sans le moindre mouvement de paupière, il se déplace d'obstacle en obstacle entre les accolades complaisantes des clients éméchés, changeant parfois brutalement de direction à la manière d'une fourmi. Chacun de ses mouvements, qu'il semble exécuter sans jamais préparer le suivant, laisse entrevoir qu'il vit sans mémoire ni projets, comme un prisonnier de l'instant. Curieusement, il serre en toute occasion dans sa main gauche un téléphone portable, qu'il tapote parfois frénétiquement avec le pouce comme pour rédiger un SMS avant de reprendre sa marche fantomatique.

Son père ne lui prête aucune attention ; lorsque le parrain décide de se retirer, il tire sur la laisse de son chien, saisit l'épaule de son fils pour le guider vers la sortie, puis les pousse tous deux sans brutalité dans le 4x4 Mercedes blanc où patiente, le bras pendant sur la portière, un chauffeur musculeux et tatoué.

Bagus Ahsan traite mon frère avec des égards particuliers, se montre presque affable, partagé néanmoins entre la fierté de recevoir un occidental dans son établissement et une méfiance naturelle qui tient sans doute de l'instinct de survie. Il reçoit Pierre trois fois à sa table et lui offre l'occasion de dérouler son plan pièce par pièce.

Sans précipitation, soucieux de rendre son personnage crédible, n'assouvissant jamais toute la curiosité de son hôte et de la troupe qui l'entoure craintivement, Pierre se glisse habilement dans le personnage d'un héritier illuminé et oisif : parcourant le monde pour son seul plaisir, il reçoit chaque mois de sa banque un mandat suffisant pour mener une existence confortable. Une proie facile et alléchante.

Il ne livre son identité postiche que par bribes confuses, s'emploie à montrer qu'il n'a plus de famille, que le prendre en otage pour extorquer une rançon serait illusoire, qu'il est plus judicieux, pour commencer au moins, de cueillir dans son bateau quelques pincées de billets.

Alors qu'il traverse les rizières en direction de la ville sous une pluie tiède, il se demande si le déguisement qu'il a créé est si différent de ses propres habits d'enfant gâté.

D'accord, ce sont mes propres économies que je dilapide (je ne vois pas à quoi d'autre elles pourraient servir de toutes façons !). Et je compte bien revendre un jour mon bateau pour rembourser mes parents.

D'accord, je suis ici par un genre de nécessité, pas par soif d'exotisme ou d'aventure au rabais.

Mais je ne crois pas vraiment que ça me rende plus fréquentable que le clown pathétique que je m'épuise à jouer tous les soirs...
A quoi (et à qui) suis-je plus utile que ce crétin au juste ? D'ailleurs, est-ce que j'ai jamais été utile à qui que ce soit ?

A mes parents ? A part des ennuis et des nuits blanches, je vois mal ce que je leur ai offert jusqu'ici... Pas de quoi être fier. Et leur affection ne peut rien changer à mon opinion. La plupart des parents aiment leurs enfants, non ? Peu importe qu'ils soient bons ou mauvais, beaux ou laids, brillants ou imbéciles...
A mon frère ? Peut-être. Il y a longtemps. J'ai dû lui donner un peu de goût pour la découverte, un peu plus de curiosité. J'espère qu'il en tirera profit. D'un autre côté... je lui dois tellement plus : nos petites compétitions, son exemple, même agaçant, d'application et de volonté. Sans cette émulation, est-ce que je me serais donné les moyens de devenir le marin que je suis – que j'étais ?

A Erick ? C'est vrai, on n'avait pas besoin de beaucoup parler pour se comprendre, surtout sur l'eau. Mais je sais aussi que les ports sont pleins de bons équipiers. Moi ou un autre, quelle différence ? En fait, je me dis souvent qu'un autre aurait eu les c... de stopper ses assassins avant qu'ils détalent.

A Elsa ? Eh ! Regardons les choses en face ! C'est moi qui ai toujours eu besoin d'elle, même si je fais l'indifférent.

Ca ne fait pas un bilan très lourd.

Une nouvelle rengaine pour les trois prochains jours. Dis-moi-si-je-suis-utile-Utile-à-qui.   Dis-moi-si-je-suis-utile-Utile-à-qui.

Il se dit aussi qu'il s'apprête peut-être à accomplir une œuvre salutaire pour la première fois de son existence en débarrassant le détroit de Malacca d'une poignée de parasites. Une œuvre moins futile que la course au large – à laquelle, il en est bien certain, il ne reviendra jamais –, moins dérisoire aussi qu'une vie perdue derrière un quelconque bureau, dont il est définitivement incapable. Mais une œuvre dont la réelle motivation n'échappe pas à son jugement.

Regardons les choses en face, je ne suis pas ici pour sauver le monde, pour protéger mon prochain de la vermine qui le menace, et autres conneries de ce genre. Ni flic, ni héros, ni philanthrope !

Ce que je veux ? Seulement la peau de quelques uns des salopards qui me hantent jour et nuit. Je veux leur faire payer leur addition, brûler leur image, une fois pour toute. Je veux des représailles à la hauteur de leur infamie. Pour Erick, pour moi. Est-ce que je vais y arriver ?

Dis-moi-si-je-suis-utile-Utile-à-qui.

Peu à peu, ses compagnons du Jeruk ont perdu patience. Ils laissent maintenant transpirer un certain agacement, n'ont de cesse que de deviner dans quel hôtel loge mon frère et où se cache son bateau – prétendument en entretien dans un chantier naval qui n'est jamais nommé.

Le 2 avril, le moment paraît enfin venu de conclure la partie. Pierre programme son départ au lendemain, dévoile en vrac ses projets factices de navigation côtière, le lieu précis de sa prochaine destination, son heure d'arrivée probable et quelques détails utiles à un assaut fructueux. Plus sobre et lucide qu'il ne le laisse paraître, il a remarqué la nuit précédente qu'on le suivait tandis qu'il traversait la ville en taxi puis à pied vers le fleuve. Il a même craint d'être agressé pour les maigres billets qu'il portait sur lui. Mais la pègre locale, sous le patronage avisé de Bagus Ahsan, le protégeait des petites frappes en même temps qu'elle tentait de percer ses ultimes secrets. Les hommes de mains du caïd ont suivi mon frère jusqu'à l'embarcadère puis, plus tard, de l'autre côté du fleuve, où ils ont, à l'évidence, interrogé son passeur. Le lendemain, lorsque Pierre se présente sur le ponton du village face au pêcheur, ce dernier est transformé en animal craintif. Visiblement contraint à une curiosité contre nature, il balbutie durant la traversée quelques questions dans un curieux langage de signes. Pierre est prêt à justifier ses allers retours avec le détachement qui convient : une voiture est à sa disposition pour l'emmener à travers pistes et routes vers une villa de bord de mer, généreusement prêtée par des amis hospitaliers. Cette affabulation abracadabrante fera tout juste l'affaire pour les heures restantes… De toutes façons, le pêcheur n'a certainement rien compris.

Les heures les plus rudes s'annoncent. Celles où se dessine déjà l'issue de la bataille. Bagus Ahsan ne se montre pas ce soir là, en tout cas pas avant que Pierre ne quitte le Jeruk, aux alentours de 23 heures. Le jeune héritier a dit ce qu'il devait dire, dans l'épaisse fumée des cigarettes, entre les tables de poker en aluminium brossé ; il a abattu toutes ses cartes. Il peut prétexter un départ matinal le lendemain pour s'éclipser, sans éveiller de soupçon, plus tôt qu'à son habitude. Dernière tournée, dernières accolades, plus abjectes que jamais, avec des criminels, ou leurs complices, ou de simples profiteurs venus comme des mouettes ramasser les rebuts de la marée. Peut être fera-t-il face après-demain à l'un de ces visages. Qui sait ?

Il n'est pas suivi ce soir là. Il n'a plus de secret à livrer. Il remercie son passeur et glisse en silence deux billets de dix dollars dans sa main crasseuse.

Pierre se dit qu'il aura donné à ce miséreux de quoi nourrir sa famille quelques semaines. Le salaire de la peur... Pourvu qu'il n'ait pas d'autres ennuis.

Dis-moi-si-je-suis-utile-Utile-à-qui.

Iloë l'attend. Il faut remiser l'annexe, préparer les munitions et les vivres, ranger sacs de riz, fruits et gâteaux secs qui s'amoncelaient sur la banquette à chaque retour de Belawan, affûter le bateau, peaufiner la route, pour se présenter à l'heure et sous son meilleur jour au rendez-vous. Au cours des deux dernières semaines, le temps que passait mon frère à bord était surtout dédié à un sommeil purificatoire, nécessaire pour le laver de la fange où il commençait ses nuits. Eprouvé par sa longue marche, il finissait toujours par trouver le sommeil.

Mais ce soir, il ne faut pas y compter : une pression douloureuse sur les tempes et l'abdomen lui rappelle que dormir n'est pas au programme. Il saisit son iPod, enfile les écouteurs, s'étend sur la banquette du carré. Musique.

7

Fleuve Kualuh

L'aube s'avance en rougeoyant, paisible. Les puissants projecteurs des docks de Belawan sont encore visibles, mais déjà loin sur tribord arrière. Iloë creuse placidement son sillon dans un silence à peine troublé par les claquements lancinants du moteur. Le vent et la mer, plate à perte de vue, ont dû oublier de se lever.

L'arrivée à la pointe de Tanjung Balai est prévue aux environs de 17h30. Derrière ce modeste cap se niche le delta du fleuve Kualuh qui irrigue la province du même nom. C'est là que mon frère ira jeter l'ancre, au creux d'un méandre paisible bordé d'arbres hauts et d'une constellation de parcelles agricoles. Loin de toute habitation. C'est là qu'il livrera son combat, à la nuit tombée, quand surgiront les pirates, plus insouciants que jamais, assurés d'une pêche miraculeuse que rien ne pourrait contrarier. Que compte-t-ils faire après la victoire ? Ont-ils l'intention de rentrer chez eux comme ils sont venus, comblés par le butin qu'est censé recéler Iloë, ou projettent-ils de séquestrer Pierre dans l'espoir d'obtenir plus encore ?

A peine éclairé par une nouvelle lune, le feu de mouillage faiblard qui trône en tête de mât et un ciel criblé d'étoiles, Iloë se trouve à l'endroit exact qu'a décrit mon frère à son public du Jeruk, face à un courant imperceptible. Il est 22h15. Les oiseaux se sont tus. Le silence est total, sinistre. Debout derrière les hublots, Pierre scrute le fleuve d'amont en aval, les jambes tremblantes d'excitation, de peur et de haine mêlées. L'intérieur du voilier est d'une netteté inhabituelle. Pas un papier sur la table à carte, pas un outil ni même un vêtement autour de la banquette. Seul un sachet de riz traîne près du gaz : mon frère a renoncé à préparer le repas, il ne pourrait pas l'avaler de toutes façons.

Comme un voltigeur mentalise ses figures avant de s'élancer, il se projette mille fois vers la troisième marche qui conduit au cockpit, le dos en appui sur la main courante, attendant, hors de leur champs de vision, que les pirates gagnent son bord. Mille fois, il gravit les deux marches suivantes en balayant ses assaillants de longues rafales, le canon suffisamment incliné vers le haut pour préserver Iloë des balles ; il se hisse jusqu'au pied de la barre, protégé par l'hiloire, introduit un nouveau chargeur de munitions, conclut son assaut en pointant son arme vers les complices restés à bord de leur vedette. Ne pas leur accorder la moindre chance de riposter. Pas un temps mort, pas une seconde.

Pas-un-temps-mort-pas-une-seconde-et-c-est-gagné. Un nouveau leitmotiv, compagnon rassurant, escorte ses pensées et stimule sa concentration.

Quand surgiront-ils ? La nuit ne fait que commencer et l'attente est déjà insoutenable. Jamais un rendez vous ne l'a plongé dans un tel état. Il a affronté en mer quelques dangers auxquels peu de cœurs de terriens auraient résisté, il a connu le stress exorbitant des grandes compétitions, mais tout cela n'était rien.

Il s'accroche fébrilement à son arme comme à une main tendue au dessus du vide. Et au slogan de la nuit : pas-un-temps-mort-pas-une-seconde-et-c-est-gagné !

Son regard s'arrête sur les caractères rouges qui s'affichent face à lui, au dessus du tableau électrique : vendredi 4 Avril 2008. Exactement deux ans moins un mois après l'assassinat d'Erick. Le 5 Mai 2006 était un vendredi aussi. C'est presque un anniversaire, une quasi coïncidence, un signe favorable du destin qui lui avait échappé jusqu'ici.

Il faut dire qu'il n'a jamais prêté le moindre intérêt aux dates. Ma mère, qui n'a pas plus le goût des solennités que son fils aîné mais gère consciencieusement l'agenda familial, a continué de lui signaler les fêtes et anniversaires à célébrer à ses proches bien après son départ du foyer familial. Pour elle-même, elle n'exigeait ni même n'espérait rien de particulier. Jamais elle n'a reproché à Pierre ses oublis et ne manquait jamais une occasion de nous dire combien nous savoir heureux suffisait à son propre bonheur. Je ne sais pas s'il existe une mère plus aimante.

Ce soir, mon frère est prêt à allumer les bougies, calibre 9 mm, avec un mois d'avance sur le calendrier. L'imminence de la rencontre avec les pirates ne fait aucun doute. Ces derniers sont prévenus : Iloë s'éclipsera demain avec sa cargaison de dollars. Pierre est censé lever le camp à l'aube, pour une destination qu'il n'a pas précisée. Il a prétendu hésiter entre l'amont du Kualuh et d'autres fleuves situés plus au Sud de Sumatra. Il compte en tout cas gagner un village isolé où il partagera quelques jours la vie de la population locale. Le jeune et fantasque héritier ne se contente pas de parcourir les mers, rendant visite ici ou là aux amis fortunés de ses défunts parents, se divertissant dans les tavernes lors d'escales imposées. Il s'adonne aussi à des excursions sauvages à la rencontre des populations autochtones. Ses compagnons du Jeruk ont surtout relevé qu'ils risquaient de perde sa trace, et leur butin, après l'aube…

1h12 exactement. Une vibration, le murmure encore infime d'une mécanique lente, parvient à pénétrer le silence jusqu'ici intact du fleuve, presque aussitôt étouffée par le bourdonnement des flots de sang qui dévalent les artères et pressent les tympans. Puis le martèlement du moteur s'amplifie, terrifiant, jusqu'à remplir toute l'obscurité. Il bat obstinément la cadence comme le tambour d'une galère prête à l'abordage. Pas la moindre lueur à la surface des eaux noires du fleuve. Où sont ils ?

Tout s'enchaîne à une vitesse fulgurante. Quand Pierre distingue le premier scintillement d'une cigarette, le bateau n'est déjà plus qu'à trois ou quatre longueurs. Une masse grisâtre se détache de l'obscurité et enfle en quelques secondes. Mon frère est prêt. Il prend position, vérifie son arme une dernière fois. Il n'a plus peur.

Pas-un-temps-mort-pas-une-seconde-et-c-est-gagné.

Long d'une dizaine de mètres tout au plus, l'étrave haute et la cabine reculée jusqu'à la poupe à la manière d'un Bugis miniature, le bateau fait un virage serré pour aborder Iloë tête bêche. Le contact est sûrement plus brutal que ne l'aurait voulu l'équipage. Personne ne bronche. Un projecteur ou une puissante lampe torche inondent soudain le voilier d'une lumière violente. Deux hommes s'agrippent aux haubans, franchissent les filières en trombe et se ruent dans le cockpit. Pierre est prêt à les accueillir. Aveuglé par le déferlement de lumière jaune, il ne distingue que de vagues silhouettes, le reflet d'une lame de couteau ou peut-être d'un ceinturon, une odeur forte de transpiration et d'urine. Pas-un-temps-mort-pas-une-seconde-et-c-est-gagné. Une longue rafale déchire le silence ; un homme s'effondre à reculons sur la barre, comme désarticulé, l'autre, qui s'agrippait à la bôme[5] de l'artimon, est propulsé dans le fleuve par delà le tableau arrière. Pas-un-temps-mort-pas-une-seconde-et-c-est-gagné. Mon frère bondit dans le cockpit, à la manière exacte qu'il a maintes fois répétée, expédie une deuxième salve, interminable, remplace le chargeur tel un guerrier expérimenté. Il a méticuleusement préparé chacun de ces gestes et pourrait les exécuter les yeux bandés. La lampe, immobile, éclaire maintenant les arbres qui bordent le fleuve en amont d'Iloë, donnant à la scène un caractère encore plus irréel.

---

[5] Bôme : espar horizontal sur lequel le mât s'articule et qui permet d'orienter la grand-voile.

Pierre est littéralement en transe. Pas-un-temps-mort-pas-une-seconde-et-c-est-gagné. Il dégage son bras armé au dessus de l'hiloire, prêt à vomir encore sa haine, à vider ses tripes et son chargeur.

De sa position, Pierre ne peut distinguer du petit bugis que le pavillon du poste de pilotage, surmonté d'une longue antenne blanche qui se balance en cinglant l'obscurité. L'homme de barre, ou peut-être sont-ils deux, se cache juste en dessous ; sans se découvrir, il vient de larguer l'unique amarre qui maintenait les bateaux flanc contre flanc et enclenche dans la foulée une marche arrière brutale. Sans doute tient-il à se déhaler avant que le courant ne l'entraîne à la hauteur du cockpit d'Iloë... Comme pour donner le change aux détonations du pistolet mitrailleur, son moteur se met à pétarader furieusement. Une nappe de fumée opaque traverse le halo du projecteur qui s'éloigne, plongeant un instant le voilier dans le noir. Pierre se fige, dérouté par le chaos inattendu que produisent ensemble cette éclipse soudaine et les hurlements rauques du bugis. Le menton entre les genoux et le doigt sur la gâchette, il s'attend à une riposte. Iloë n'a pas encore essuyé un coup de feu, cela ne peut pas durer !

Pourtant, les armes restent muettes, et la machine en surrégime continue seule de beugler. Le bandit, obnubilé par sa retraite désespérée, n'a pas le temps de dégainer ; ou peut-être, trop confiant dans ses complices, ne s'est-il pas équipé pour prendre part à la bataille. Aucun doute en tout cas, il prend la fuite sans demander son reste.

Mon frère se déplie d'un bond, s'élance à grandes enjambées jusqu'au balcon avant, arme au poing. Pas-un-temps-mort-pas-une-seconde-et... Il injecte au bateau pirate une dose phénoménale de 9mm Parabellum, illuminant le fleuve à s'en brûler les yeux. Une overdose de feu et de décibels. Hors de contrôle, l'embarcation de bois poursuit sa marche en arrière débridée, oblique vers la berge, s'encastre dans la mangrove en se soulevant et, avant même que Pierre ait repris son souffle, s'enflamme. La machine s'est tue. Quelques secondes de silence.

Puis trois explosions consécutives, rehaussées de longues traînées incandescentes : depuis le cœur de l'incendie, des munitions fusent de toutes parts entre la cime des arbres et la surface du fleuve. Elles finissent de disloquer le bateau. Mon frère recule d'un pas, s'agenouille, le buste droit, à la manière d'un pénitent. Il pose son arme devant lui.

Je ne sais pas combien de temps je suis resté là, les bras ballants et la gueule ouverte, hypnotisé, envoûté comme un gamin devant un bûcher de Carnaval. Je me suis rempli de cette lumière.

Est-ce que ce sont mes démons que j'ai vu partir en fumée ?

En tout cas, je me fous de ce qui arrivera demain et les jours suivants. Je tiens ma victoire.

V V V V V

Il m'a fallu des semaines pour admettre que Pierre ait pu ressentir de la joie à commettre puis contempler une telle horreur. Quel fléau, quelle folie, quelle souffrance l'ont à ce point métamorphosé ?

La haine ne peut tout expliquer.

Le grand frère que je croyais connaître jusque là était si différent. Il ravalait d'une gorgée imperceptible ses petits agacements quotidiens, refusant de leur sacrifier la moindre énergie. Il fuyait tout autant les contrariétés des autres. Quand il était enfant, son indifférence apparente, son art de l'esquive, son imperméabilité aux reproches, exaspéraient mon père au point, souvent, de le faire sortir de ses gonds. Pierre se tenait alors droit dans ses bottes, un léger rictus au coin des lèvres et le regard fixe. Un regard faussement orgueilleux, faussement arrogant. Ce n'était en vérité qu'un moyen sa façon, singulière et innée, de se cuirasser. Il croyait ainsi repousser les difficultés, comme d'autres se ratatinent et font le hérisson. Mais son aplomb, parfaitement indéchiffrable dans ces moments de tension, ne faisait qu'amplifier la colère de notre père, qui concluait invariablement la scène en le cloîtrant dans sa chambre, vociférant, claquant rageusement deux ou trois portes. Les murs tremblaient.

Pendant longtemps, Pierre m'avait paru ne pas savoir s'irriter. Mais, depuis la fin de son adolescence, il lui arrivait quelquefois de céder à une sorte d'indignation, à la fois contrôlée et déterminée, à des emportements glacials, presque posés, d'autant plus spectaculaires qu'aucun signe ne les annonçait. Un mot dans une conversation, une image, un article de journal suffisaient à le faire basculer d'un trait de sa placidité naturelle à un déchaînement stuporeux, comme une tempête de grêle au mois d'août. Une tempête presque aussi silencieuse que violente, car mon frère a la faculté déconcertante de modérer en toute circonstance le volume de sa voix.

Les humains étaient sa cible favorite. Pas les individus mais « l'association de parasites » qu'ils forment avec leurs semblables.

Pierre est un ami attachant, un fils un peu distant mais affectueux, un frère que beaucoup m'envieraient ; pourtant, tous ceux qui ont partagé une part de sa vie le savent, il a au fond de lui ce ressentiment profond, tenace, envers sa propre espèce, dont le seul dessein est selon lui de se multiplier pour mieux piller la planète qu'elle colonise. C'est l'une des nombreuses raisons pour lesquelles il n'a jamais envisagé de travailler. Travailler, c'était contribuer à cette œuvre de destruction collective. Sillonner les océans lui semblait une des rares activités acceptables. Les amis d'enfance, de bons terriens, qu'il cherchait à rallier à ses idées ne manquaient jamais de lui rappeler que lui-même passait la moitié de sa vie sous les couleurs de fabricants de nourriture pour chiens, de logiciels ou de téléviseurs. Son statut de support publicitaire et l'évidence de ses contradictions n'étaient pas si faciles à assumer. Sans conviction, il prétendait qu'attirer le regard des foules consommatrices vers le monde marin, un monde sans faux-semblants, pouvait les éduquer un peu. Le plus souvent, sans jamais renoncer à son verdict sans concession sur la race humaine, il finissait tout de même par admettre n'avoir pas trouvé mieux que cette vie pour son propre bien-être.

Pour autant, personne, je crois, n'aurait pu prédire ni même imaginer sa dérive meurtrière. Il n'a jamais pris part à une bagarre à ma connaissance, pas plus qu'il ne haussait le ton pour se faire entendre. Il ne manquait pas de sarcasme pour les prétentieux, les vaniteux en tous genres, pour tous ceux dont l'existence se résume à une parcelle de pouvoir ou un titre pompeux. Ses succès sportifs en attiraient une multitude autour de lui, comme la lumière attire les insectes. Il les méprisait en silence, ne cédant jamais à la tentation de devenir blessant. Pierre détestait plus encore la violence que la bêtise des hommes.

Que s'est-il passé cette nuit du 3 avril 2008 ? Une telle jubilation à tuer ne jaillit pas du néant ; de quelle région enfouie du cerveau humain peut-elle bien émerger, comme un serpent venimeux sort d'hibernation ? Je n'ai trouvé jusqu'ici que de mauvaises réponses. Toute cette histoire est si loin de l'image que je me faisais de mon frère. J'aurais hurlé à l'imposture si un autre que lui me l'avait rapportée. Il m'a fallu pour admettre la vérité toute la sincérité tragique et naïve de son cahier jaune et bleu, son effroyable précision, et un nombre incalculable de relectures. Ses cinq cents pages donnent tant de détails indubitables, elles représentent si sauvagement la descente de Pierre vers les abîmes de la haine, que je n'ai pu que capituler.

Le moment est venu que je partage à mon tour ces trop lourds secrets. Le moment dont Pierre a lui-même décidé.

Lorsqu'ils auront pénétré en lisant ces lignes la face obscure du parcours de leur fils, mes parents sauront peut-être mieux que moi en comprendre toutes les raisons.

Les flammes, toujours vigoureuses, continuent d'éclairer Iloë. Pierre, lui, se sent de retour sur terre. Malgré la tiédeur de la nuit, il frissonne doucement, à cours de force. Il est 1h45. Il n'a pas mangé depuis l'aube. Ce n'est pourtant pas la faim qui l'assaille, seulement une infinie lassitude. Un café serait bienvenu. Mais, d'abord, une corvée s'impose. Il reprend son arme, se lève trop vite, titube un peu sous l'effet d'un vertige passager, rejoint finalement le cockpit. Il ne veut pas s'attarder sur le visage du cadavre qui gît en appui contre la barre, sur ses lèvres crispées, ses dents proéminentes, son regard hébété. Pourtant ces images s'impriment dans sa mémoire. Le corps chétif, encore tiède, est vêtu d'une chemise trop ample, couverte de sang, et d'un pantalon imprégné d'urine. Pierre se souvient que son odeur l'avait précédé. Il le prend à bout de bras, le fait basculer vers les ténèbres du cours d'eau puis s'effondre, anéanti, sur le banc en teck. La corvée n'est pas terminée. Il ouvre le coffre bâbord, lentement, saisit un seau, dont l'anse est prolongée par une corde nouée deux fois par mètre à peu près, le plonge dans le fleuve, le hisse nœud après nœud, et le vide sur les taches de sang encore frais qui souillent le voilier. Puis, armé d'une vieille brosse de pont hirsute, il frotte fébrilement les traces visibles jusqu'à les dissiper tout à fait.

Il rejoint sa couchette, sans trouver la force de passer par la case café, se déshabille complètement, expédie ses vêtements sales dans l'évier de la cuisine à travers la porte entrebâillée, programme l'alarme de sa Seiko à 5h30 et s'étend sans trouver le sommeil, submergé par un tourbillon d'images plus ou moins sinistres, une mosaïque de faciès, parfois confus et lointains. Ceux d'Erick Blade et du pirate dont il vient d'empoigner le corps inerte, ceux de ses parents, qu'il n'a pas su préserver de sa propre dérive, du gros Bagus Ahsan, de bons amis perdus depuis trop longtemps, du policier à la moustache de Pangkalan Kuo, d'un prof de sport stupide et fielleux qui l'avait pris en grippe au collège, ceux de la racaille du Jeruk braillant autour de lui, d'un journaliste australien véreux qui lui a attribué des confidences iniques sur le couple Blade, du marchand d'arme aux oreilles velues de Colombo, et de quelques autres encore.

Lorsqu'il réalise que les bips stridents de sa montre s'évertuent à le ranimer, il jurerait qu'il vient tout juste de s'endormir. Sûrement une erreur de programmation du réveil. Pourtant... Une aube brumeuse, blanchâtre, se glisse déjà sous ses paupières entrouvertes. Un coup d'œil trouble et encore incrédule au cadran de sa montre lui donne une ultime confirmation : 5h32. Il est temps de se lever

Sa cabine est saturée d'humidité ; des centaines de gouttelettes, formées par sa respiration, s'accrochent en chapelet au revêtement du plafond. Pierre a recouvré assez de force pour s'extraire de son sac de couchage et se jeter enfin sur la machine à café. Il avale un premier mug, le remplit à nouveau, s'assoit à la table du carré, observe un long moment les volutes de fumée qui s'élèvent au dessus du café et se répandent au fil des courants d'air. Il s'interroge sur ces flux invisibles qui traversent son bateau, tente de s'expliquer leur parcours. Puis il finit par lever les yeux vers la descente, grand ouverte sur le mât d'artimon et le cockpit. Une appréhension le retient de gravir les cinq marches qui mènent au champ de bataille. Il voudrait que n'y subsiste aucune trace du carnage, que son grand nettoyage ait suffi, que le bateau pirate se soit consumé tout entier sur la berge. Qu'il ne reste de son combat rien d'autre qu'une victoire.

Il n'est pas prudent de s'attarder ici. Il faut lever l'ancre, déguerpir avant que Bagus Ahsan ne s'alarme de la disparition de sa troupe, qu'il ne flaire le guet-apens où elle s'est perdue. Avant qu'il ne lâche d'autres chiens de garde armés jusqu'aux crocs. Mon frère quitte la banquette, débarrasse sommairement la table, ouvre les circuits électriques, lance le moteur puis se dirige presque machinalement vers l'étrave, sans un regard autour de lui. Les oiseaux s'égosillent déjà à en crever les tympans. Tandis que les derniers maillons de la chaîne de mouillage finissent de s'enrouler, sans accroc, Iloë file déjà vers le large. Le fleuve paraît désert, peuplé seulement de quelques millions de volatiles. Mais Pierre est nerveux. Il faut sortir vite de ce boyau où il est si facile de tendre un piège - il en sait quelque chose. De longs méandres se succèdent, sinistres, avant que l'horizon se dégage enfin ; dans l'embouchure, un pêcheur se laisse dériver sur une pirogue antique. Pierre ne croisera pas d'autre âme jusqu'au soir.

Cap vers la Malaisie, de l'autre côté du détroit de Malacca, hors de portée des brigands de Belawan.

Dans la brise qui se lève et s'annonce vigoureuse, mon frère est enfin à sa place. La mer est rassurante. Il y est partout chez lui.

Il peut maintenant parcourir son bateau, traquer les douilles de neuf millimètres qui se nichent dans les recoins, effacer les tâches de sang oubliées, clore définitivement l'épisode du Kualuh.

Il tient enfin sa victoire, une victoire tellement désirée. Réalise-t-il son prix, la gravité de ses actes ? Il s'efforce de dissimuler son trouble derrière des mots trop assurés. Après quelques heures de navigation, il s'étonnera naïvement dans son cahier :

Tuer n'est pas une épreuve aussi insurmontable que beaucoup le prétendent.

Il a déroulé un plan mûrement préparé, tendu son piège, impeccablement ; il a pris des risques considérables, consenti des efforts douloureux pour atteindre un objectif dont la légitimité ne souffre aucun doute : ce sont eux les criminels, pas lui !

Rien ne pourrait le retenir de savourer son succès.

Rien, sauf peut-être l'intuition naissante qu'une bataille gagnée ne suffira pas à le pacifier. Saura-t-il se contenter de ce maigre gibier, de petites frappes faméliques habillées de guenilles, répondant aux ordres d'un maître prospère et respecté ? Ceux là ne partageaient sûrement que les miettes des festins qu'ils étaient chargés de composer au péril de leur médiocre vie. Pierre feint de n'éprouver aucune pitié pour ces hommes de main, aucun remord d'avoir effacé leurs silhouettes avant même de les distinguer, comme dans ces jeux vidéos guerriers que nos parents nous interdisaient durant notre enfance et sur lesquels de bons camarades nous offraient heureusement d'exercer nos réflexes. Même le misérable dont il a tenu le corps à bout de bras ne lui inspire, d'après ses notes du jour, aucune sorte de compassion. Mon frère refuse visiblement de laisser les images insoutenables de ses crimes envahir sa conscience et l'attendrir. Il préfère s'abandonner à ce regret commode :

Restons lucides, ces types n'étaient que des exécutants de seconde zone, de la petite racaille.
Cela pourrait bien ne pas le combler, voilà tout.

Exécuter-des-exécutants-c-est-pas-suffisant. Exécuter-des-exécutants-c-est-pas-suffisant. Exécuter-des-exécutants...

Combien de combats encore ? Combien de sang devra-t-il verser pour y dissoudre toute sa haine ?
Sa nouvelle litanie enflera dix heures durant. Dix heures de slalom entre des tankers et des porte-conteneurs gigantesques qui labourent à perte de vue le détroit. Dix heures pour aborder la rive opposée du détroit de Malacca, à un jet de pierre de Kuala Lumpur, la capitale malaise.

8

Ketam

Les petites îles jumelles de Ketam, au Nord, et Tenga, au Sud, sont séparées par un chenal naturel de trois cents mètres environ. Toutes voiles dehors, contournant les hauts fonds et les barques étroites des pêcheurs, Iloë se glisse tranquillement dans ce havre de paix et de verdure. L'autoroute maritime du détroit et la banlieue tumultueuse de Kuala Lumpur, pourtant voisines, semblent à des années lumières.

Un village de bric et de broc, le seul de l'archipel, s'accroche comme il peut au rivage de Ketam. Deux ou trois cents familles vivent là, les pieds dans l'eau, des seules ressources de la mer. Un peu plus loin, en poursuivant vers les îlots tout proches de Kelang et Che Mat Zin, surgit une constellation de petites fermes piscicoles. Des enfants jouent, sautillent entre les planches crevées des pontons, agitent leurs mains en s'égosillant pour saluer le passage d'Iloë et attirer l'attention de son skipper.

Mon frère hésite. Il avait prévu un mouillage solitaire dans un coin désert, mais cette agitation sympathique autour de lui l'encourage à renouer un peu avec la compagnie des humains. Ces malais n'ont rien de commun avec la vermine qu'il a fréquentée ces derniers jours. Trop pauvres pour être malhonnêtes. Pierre se reproche ce cliché facile, stupide. Il observe un groupe de femmes épouillant des enfants dans leur cabane flottante ouverte à tous les vents. Une belle jeune fille, de quinze ou seize ans à peine, donne le sein à un nourrisson. Elle lui sourit. De quoi ces gens sont-ils démunis ? A quoi pourrait bien leur être utile la dernière voiture ou le dernier smartphone à la mode ? Le monde semble leur appartenir, quand il nous échappe un peu plus à chacun de nos désirs. Le vent peine à franchir l'épais manteau végétal qui couvre les îles. Le voilier est presque à l'arrêt, à quelques mètres des baraquements. Pierre en profite pour se perdre un long moment dans les regards purs, chaleureux, qui s'abandonnent au sien sans pudeur inutile. Combien de temps encore avant que ces esprits innocents soient souillés par l'avidité de notre civilisation ? Il vire de bord, lentement, pour regagner le village de pêcheurs de Ketam.

A l'approche de la plateforme sommaire qui fait office de quai, des hommes l'invitent à s'avancer. Pierre leur fait signe qu'il n'y a pas assez d'espace pour Iloë entre les barques entassées, qu'il va jeter l'ancre quelques mètres plus loin. De toutes façons, c'est mieux ainsi : partir à la rencontre des villageois, d'accord, mais jeter un lien entre eux et son bateau lui paraît un pas de trop. Qui sait ce qu'ils vont lui réclamer alors ? Tandis qu'il les remercie poliment, trois d'entre eux s'activent déjà à déplacer les barques, les entrechoquant sans précaution pour les amarrer à un taquet de bois à l'extrémité droite du ponton. A l'autre bout, un vieux insiste affablement en désignant la place ainsi libérée. Impossible de se défiler !

La manœuvre à peine terminée, mon frère met le pied à terre puis remercie ses hôtes d'un hochement de tête crispé. S'inclinant à leur tour plusieurs fois, ceux-ci lui rendent de larges sourires édentés avant de s'écarter sur la pointe des pieds. Dire qu'il redoutait bêtement que leur sollicitude soit intéressée ! Il n'y a pas de mendiants ici, seulement des marins satisfaits de leur sort.

Tout autour des bateaux, les baraques de bois se déploient anarchiquement entre chenal et forêt, séparées par des ruelles étriquées, biscornues. Pierre fait quelques pas prudents, observe son nouvel environnement, tente de jauger les habitants qu'il peut distinguer, puis remonte à bord pour égaliser ses amarres. Malgré la chaleur et l'absence pesante de vent, il se sent tomber peu à peu sous le charme du lieu, fasciné par la quiétude improbable qui y règne. Cette sérénité contraste tellement avec tout ce qu'il a vécu ces dernières semaines. Il est en confiance, au point de négliger de fermer son voilier lorsqu'il décide de s'enfoncer dans le village.

A milieu d'une ruelle, un habitant plus hardi que les autres s'avance pour lui proposer de partager avec sa famille un thé au jasmin. Celui-ci diffuse déjà ses parfums puissants sous une tonnelle branlante. La table, à demi couverte d'un napperon brodé, semble avoir été dressée en l'honneur du voyageur étranger. Il est un peu plus de seize heures. Pierre accepte l'invitation. Une vieille femme à la peau brune et froissée surgit alors, ses maigres bras chargés de petite friture, de lait de chèvre caillé, de biscuits fades et farineux. Elle est aussitôt suivie d'une jeune fille enceinte de six bons mois. Celle-ci apporte des baies sucrées rouges et noires puis s'installe péniblement à un coin de la table. Quatre hommes ont déjà pris place autour de Pierre, ou plutôt face à lui, pour mieux le scruter. Trois générations de la même lignée. Le plus jeune, criblé de boutons d'acné, se nomme Amir. Il est le seul à s'exprimer un peu en anglais. Il va trois jours par semaine à l'école de Pelabuhan Klang. Le soir, il vend les gâteaux secs qui sont sur la table, une spécialité pâtissière locale, aux touristes et aux hommes d'affaires de passage à Kuala Lumpur. Il désigne son père, âgé d'un peu moins de quarante ans, qu'il décrit comme le maire ou le chef du village. L'oncle d'Amir est assis à la gauche du maire, dont il est de quelques années le cadet. Tous deux sont pêcheurs, de même que le grand-père à qui les trois hommes ressemblent furieusement. Amir dit ne pas vouloir suivre leur exemple. Il rêve de devenir docteur mais a conscience qu'il ne pourra pas s'offrir la formation universitaire nécessaire. Alors, il s'installera en ville, tentera de devenir brancardier, ou peut être ambulancier. Conduire une voiture serait une grande joie pour lui. La jeune fille qui attend un bébé est sa sœur. Ce sera son deuxième enfant. Le premier est mort à l'âge de 18 mois. C'était un grand malheur pour toute la famille. Il pense qu'il aurait pu le sauver s'il avait été médecin. Si au moins il y en avait un au village… Sa grand-mère, la cuisinière, accouchera l'enfant, comme elle a mis au monde ses fils et toute leur progéniture. Amir n'a pas connu sa mère, morte en couche.

Les autres se taisent en hochant la tête comme s'ils saisissaient les paroles du jeune homme.

Pierre donne le change. Il décrit sommairement son pays, son voyage. Il tente d'expliquer qu'il vivait aussi de la mer jusqu'ici, pas en pêchant mais en participant à des courses de bateaux. Amir traduit, et ses parents poussent des « ah » incrédules ou admiratifs.

De nouveaux plats défilent : du poisson séché, d'étranges fruits confits, fortement épicés. La vieille femme prend place près de la jeune fille enceinte. De longs silences, pleins de sourires paisibles et généreux, rythment l'étrange collation. Pour la première fois depuis une éternité, mon frère se sent presque chez lui, presque de retour chez les humains.

Le jour s'en va déjà ; Pierre doit en faire autant. Il ouvre une fermeture éclair de son pantalon kaki et brandit un présent qui lui parait à la hauteur de la générosité de ses hôtes : une petite lampe de poche à énergie solaire qu'il gardait en général sur lui, non seulement pour son utilité, mais aussi parce qu'elle lui avait été offerte par Erick Blade en personne. Les trois hommes observent attentivement les mimes de mon frère leur exposant à gestes mesurés d'où cet objet tire son énergie et comment on doit le manipuler. Puis ils se passent la chose de main en main, trop fascinés, ou perplexes, pour le remercier vraiment.

Sur le chemin du retour, entre chien et loup, tout lui paraît léger : l'air presque frais qu'il respire, les rires des enfants qui flottent autour de lui, la poussière que soulèvent ses pas comme dans une ballade lunaire, son esprit encore tout imprégné d'amitié, et mêmes ses poches, libérées d'un souvenir peut-être trop pesant.

Ce soir là, il s'en faudrait de peu qu'il ne regagne enfin l'autre rive de son existence, celle où il a abandonné sa famille et sa véritable nature. Son devoir de vengeance accompli, joyeux, réconcilié avec les humains, plus rien ne devrait le retenir loin de nous.

Il partira à l'aube, peut-être plus tard si son sommeil se prolonge. Il ignore pour quelle destination précise. Il pourrait envisager à cet instant que celle-ci ne soit pas inspirée par un désir de combat.

Ça fait une éternité que je ne me suis pas senti aussi tranquille ; je crois que ça remonte au temps où je faisais partie de l'équipage d'Ellister. Au fond, c'est peut-être un nouvel équipage qu'il me faut. Ces pêcheurs pourraient faire l'affaire, mais eux n'ont vraiment pas besoin de moi ! Je ne vois pas ce que je pourrais leur apporter, si ce n'est une bouche de plus à nourrir...

Pour la première fois depuis des mois, un désir de lecture l'envahit. Pierre avait cessé de lire bien avant son départ de Port de Vendre. Il a néanmoins emporté quelques ouvrages, choisis parmi ceux qui l'ont entraîné vers ses rêves de mer et ont forgé, dès la fin de son adolescence, sa détermination à vivre une vie aventureuse – une vie à laquelle notre environnement familial ne le préparait nullement. Il n'a pas embarqué ces livres pour les parcourir, mais comme de vieux compagnons qu'il lui suffirait d'avoir à ses côtés pour retrouver du courage s'il venait à en manquer.

Du courage, Santiago, le « vieil homme » d'Hemingway, pourrait lui en offrir plus que personne. Joseph Conrad et *Lord Jim* le dissuaderaient en toute circonstance de céder à la lâcheté. Après avoir passé *Deux années sur le gaillard d'avant*, Richard Henry Dana saurait quant à lui remettre à leur place les petites souffrances quotidiennes de la vie marine. L'infatigable Jean-François Deniau, du haut de ses *Mémoires de sept vies*, l'exhorterait à poursuivre ses desseins, puisqu'il les a choisis. Qu'il perde espoir, et *La longue route* de Bernard Moitessier dessinerait un horizon au bout de son aventure. Jon Krakauer le renverrait illico *Into the wild* si sa vie solitaire lui devenait soudain moins soutenable. Et s'il venait à perdre la volonté, d'un coup d'aile,

Jonathan Livingston le Goéland le propulserait plus loin, plus haut.

Avec de tels amis, rien de tragique ne peut arriver.

Son choix s'arrête à l'extrémité de sa maigre bibliothèque, sur un conte que lui a offert Elsa quelques mois avant la mort d'Erick. Il plonge dans *L'histoire de Pi* de Yann Martel, une confrontation improbable entre un enfant et un tigre du Bengale que le hasard d'un naufrage réunit sur un radeau à la dérive. Pierre se sent si proche de Pi. Le même naufrage, la même dérive. Presque « l'histoire de Pierre », comme s'en était prémonitoirement amusée Elsa en ajoutant simplement un « R » majuscule au bout du titre.

Seulement, le fauve qui le menace, et qu'il voudrait maîtriser, se tapit tout au fond de lui.

Peut-être n'aurait-il pas tardé à le dompter, peut-être aurait-il enfin rendu les armes - je n'en suis pas convaincu - si le grincement d'une défense en plastique sur la paroi de sa couchette ne l'avait sorti d'un sommeil paisible, peu avant minuit, pour le renvoyer vers les tréfonds de ses pires cauchemars.

Il y a d'abord un léger choc. Mon frère entrouvre une paupière, la referme aussitôt. Puis le son caractéristique des défenses[6] qui s'écrasent et roulent contre la coque. Pierre repousse le sac de couchage et redresse son buste, incrédule. Un bateau prend appui sur le flanc d'Iloë ! Des pirates de passage ? Il les a suffisamment pourchassés en vain pour douter de cette éventualité. Il redoute plutôt d'être à son tour victime d'un guet-apens. Peut-être les chiens de garde de Bagus Ahsan ont-ils suivi sa piste. Peut-être ces villageois, qui semblaient lui ouvrir leur cœur en même temps que leur table, jouent-ils les agents de renseignement, tout comme son passeur du fleuve Deli avait dû s'y résoudre. Mon frère a sous-estimé le pouvoir et la colère du

---

[6] Défenses : bourrelets, appelés aussi « pare-battages », disposés sur les flancs d'un bateau pour les protéger des frottements contre un quai ou un autre bateau.

parrain bedonnant de Belawan. Il se maudit d'avoir relâché sa vigilance.

Des voix, à peine audibles, bourdonnent à l'extérieur ; le faisceau d'une lampe torche oscille d'un hublot à l'autre. Iloë est pris dans les mailles d'un filet inextricable, confiné entre ponton et pirates,. Cerné. Impossible de se dégager, de refuser le combat à un adversaire qui a cette fois choisi son terrain et n'ignore plus rien des capacités de riposte de sa cible. L'assaut est exemplaire, le duel perdu d'avance.

Pierre retire la trappe de visite du gouvernail logée au fond de sa couchette, enfonce son bras dans l'obscurité du compartiment, en extrait la caisse étanche qui recèle arme et munitions. Ses mains tremblent un peu. Il enclenche un chargeur, gauchement, évalue à tâtons ce qu'il lui reste de munitions, prépare un deuxième chargeur. La bataille s'annonce d'autant plus désespérée qu'il est presque à cours de balles.

Une voix, encore lointaine, vibre à l'extérieur. Sa tonalité est singulièrement plus grave que celle des hommes d'ici. Puis quelqu'un frappe rudement la coque comme un impatient cognerait à une porte. Etrange manière de prendre possession du butin ; ces pirates là ont la politesse de s'annoncer. Ou bien cherchent-ils à épouvanter leur proie pour obtenir sa reddition ? Aussitôt l'assaut déclaré, des pas, lourds, résonnent sous le rouf. Mon frère empoigne son Mini Uzi et se poste derrière le pied de mât, face à la descente, les jambes flageolantes. Le cockpit se remplit de lumière. Les armes sont prêtes à cracher leur fiel.

- Y a quelqu'un ?

Pierre est désarçonné. L'accent est indéniablement français, avec une pointe Chti très prononcée sur le « un ». Certainement pas un stratagème de Bagus Ahsan... Mon frère admet l'avoir sous-estimé mais doute que le gros homme ait engagé en moins de vingt quatre heures un mercenaire lillois ! Tapis au fond du carré, le doigt crispé sur la gâchette, il attend, perplexe, un nouvel indice.

- Hé ! Ohé ?

Deux ou trois pas, pesants, résonnent sur le passavant[7]

d'Iloë, immédiatement suivis d'un bruit de ferraille et d'une sorte de roulement de tambours. L'assaillant, qui a dû se prendre les pieds nus dans un hauban et trébucher, pousse un long gémissement, jure un peu puis se reprend :

- Euh, pardon si on vous dérange mais euh... On a accroché not' bateau au vôt'. Voilà, pas de problème. J'voulais juste vous l'dire.

Pierre reste un instant bouche bée. Quel crétin peut bien s'autoriser à le terroriser au milieu de la nuit, à violer son bord dans l'unique but de proclamer qu'il n'y a « pas de problème » ? Un crétin vaut toutefois mieux que deux assassins ! Mon frère finit de reprendre son souffle, rassemble ses esprits, glisse son arme derrière le dossier d'une banquette et prend la direction du cockpit. A l'instant où il sort prudemment la tête, l'homme s'apprête à enjamber les filières pour regagner son bateau, sa lampe pointée vers le reste de l'équipage - une femme et un autre couple. Tous ont entre quarante et cinquante ans. Tous ont des airs ahuris de terriens fraîchement débarqués sur une planète inconnue. Pierre jurerait qu'ils ont bu ; leur regard ne trompe pas.

- J'sais pas c'qu'y foutent. Y sont p't être pas là.
- C'est moi que vous cherchez, lance Pierre, abrupt.

L'homme sursaute.

- Ah, vous êtes là...
- Oui, je dormais.

- On a vu vot' drapeau français alors on s'est dit qu'on allait vous prév'nir. Ce s'rait dommage de pas parler français pour une fois qu'on peut !

Un rire adipeux et forcé fait onduler son double menton rougeau. Pierre hésite à le reprendre : mon pavillon, pas mon drapeau. Mais c'est sans intérêt.

- Vous v'nez d'où ? demande le bonhomme, qui tente de se donner des airs de skipper devant les autres.

Mon frère n'a pas l'intention de s'attarder sur le sujet.

---

[7] Passavant : passage permettant de se déplacer entre l'arrière et l'avant sur le pont d'un bateau.

- Je voyage. Demain, je dois lever le camp pas trop tard. Avant huit heures en tout cas. Vous serez déjà partis ?

Une femme se met à piaffer :

- Huit heures ? Ah non ! C'est les vacances, moi je fais la grasse mat'. Tu t' débrouilleras tout seul, Jean-Paul, et sans m' réveiller.

L'autre femme glousse quelques mots inintelligibles, hilare.

Rester calme, garder pour soi son mépris. Comment ces touristes ont-ils échoué ici sur leur voilier de location flambant neuf ? La réponse n'a aucune importance.

- Je frapperai sur la coque pour que vous écartiez votre bateau. Je dois me recoucher. Bonne nuit.

Pierre, qu'un premier sommeil rasséréné avait englouti quelques heures plus tôt, tourne maintenant d'un flanc à l'autre, soupire, s'agace. Cette rencontre, pourtant anodine, a gâché ses retrouvailles inespérées, et précaires, avec le genre humain. Il sait qu'un autre jour, en d'autres circonstances, il aurait pu apprécier une conversation avec des compatriotes. Et, au fond, ceux là sont sûrement aussi sympathiques que balourds. Mais ils l'ont cueilli dans des heures de grâce tellement rares. Ce n'était vraiment pas le moment.

Il ne s'endort que peu avant l'aube et se réveille au son strident de l'alarme de sa montre, à sept heures trente, d'une humeur aussi morose que la brume épaisse qui recouvre les îles. Il prend son café, met en route le moteur, fait résonner la coque du bateau voisin sous la paume de sa main. Il attend en vain un signe de vie, pendant une bonne minute, avant de renouveler son appel aussi énergiquement que possible. Une troisième salve sera nécessaire pour que « Jean-Paul » se décide enfin à pointer son menton bougon puis, les paupières à demi closes, reprenne les amarres que lui jette sèchement mon frère. Dans la foulée, celui-ci écarte l'autre bateau du pied, enclenche la marche avant et lance un « au revoir » glacial. L'homme, tout à son combat avec un propulseur d'étrave qui rechigne à le ramener vers le ponton, répond par un vague grognement.

A sa grande stupéfaction, ce n'est pas la dernière fois que « Jean Paul » entend parler d'Iloë. Deux semaines plus tard, quelques jours à peine après leur retour en France, lui ou l'un des trois autres membres de l'équipage découvrent par hasard la photo de mon frère et de son ketch dans un long reportage de Paris Match sur les disparitions étranges de français à l'étranger.

Quelques semaines auparavant, mes parents s'étaient prêtés au jeu d'un journaliste affable, en échange d'une promesse de publier un appel à témoins, et de l'hypothétique espoir d'obtenir des lecteurs quelques précieuses indications. Elsa et moi les y avions encouragés. Ils s'étaient finalement décidés assez vite, en dépit de leurs préventions à livrer en pâture les errements de leur fils comme on exhiberait à la foire un enfant monstrueux. Qu'avions nous à y perdre ? Ceux qui ignoraient encore la disparition de Pierre, nos voisins, des connaissances, nous considèreraient peut-être avec un zest de condescendance. D'autres avec curiosité. Et alors ? Depuis le départ de mon frère, cinq mois s'étaient déjà écoulés et nous n'avions reçu en tout et pour tout qu'une carte postale famélique de Colombo. Les fonctionnaires du Quai d'Orsay, malgré une apparente bonne volonté, n'avaient pas levé la moindre piste. La presse était un recours honorable.

Paris Match reçoit un courrier aussi abondant que fantaisiste. Lorsque celui-ci parvient en liasse à la maison, au début de Mai 2008, nous ne sommes pas trop de trois, mes parents et moi, pour l'éplucher en détail. Sur une centaine de messages, souvent anonymes, celui des Chtis est le plus crédible. C'est mon père qui le «pêche». L'écriture, à l'encre bleue, est appliquée ; la lettre a été rédigée par Maryse au nom des quatre équipiers. Maryse, la femme de Jean-Paul, enseigne la technologie dans un collège d'Arras. Elle dépeint mon frère comme un jeune marin osseux, barbu et irascible. Nos correspondants ne sont pas tout à fait certains de l'identifier sur la photo publiée. Ma mère avait choisi pour le magazine un portrait qu'elle avait fait elle-même dans le port de Lorient, un peu plus de deux ans auparavant, au départ d'une régate. Un sourire généreux éclairait le visage glabre de Pierre. Un autre Pierre…

Comme tous les autres en revanche, les Chtis ont clairement identifié son bateau. Quoiqu'il ne l'ait vu que de nuit puis dans les brumes d'un réveil laborieux, Jean-Paul est formel. Il écume les salons nautiques et dévore à longueur d'année des catalogues de bateau en rêvant à ses prochaines vacances ; il pourrait reconnaître Iloë, un ketch atypique, « à deux kilomètres ». Pierre lui aurait sans doute suggéré une conversion en miles nautiques…

Un échange téléphonique suffit à nous convaincre de la sincérité du couple. Maryse et Jean-Paul nous paraissent sympathiques ; ils ne méritaient sûrement pas l'accueil sévère qu'ils révèlent, avec une certaine retenue, avoir reçu à Ketam. Mon père prend le parti de son fils : il avait ses raisons, la fatigue d'une navigation difficile, un besoin de solitude que nous ne pouvons pas imaginer. Et puis, c'est bien connu, les gens ne sont plus les mêmes quand ils sont en vacances. Le sentiment factice de liberté qu'ils éprouvent les rend odieux. Qui peut dire comment ces aimables correspondants se sont comportés face à Pierre ! Les efforts de mon père sont louables, attendrissants. Ma mère et moi aimerions bien nous laisser convaincre. Nous n'y parvenons pas. La vérité était en fait à mi-chemin.

Nous savons en tout cas Pierre en vie ! Nous savons les eaux sur lesquelles il erre. Et nous avons la même conviction : son retour dans le détroit de Malacca est un nouvel avatar de la tragédie d'Avu Bay. Il n'est certainement pas revenu dans ces parages pour l'oublier et retrouver le cours de sa vie comme il le prétendait. Nous pensons à une sorte de pèlerinage, de poussée de fièvre mystique. Jamais la réalité morbide de ses plans ne nous effleure.

Il souffre encore, c'est certain. Nous le savions déjà. Comment expliquer son silence autrement ?

Quelques semaines plus tôt, dans un instant d'infinie lassitude, enlisée dans des insomnies à répétition, ma mère m'avait confié avoir partagé une nuit de détresse avec son « enfant ». Elle me disait que seule une mère éprouve ces choses là. Je lui ai tu par pudeur, ou pour ne pas enchérir sur ses angoisses, qu'il m'était arrivé plusieurs fois de ressentir le même genre de trouble.

Encore plus inexplicablement, la lecture des textes de Pierre, bien des mois après, m'a replongé dans des scènes dont j'aurais juré avoir été témoin. J'ignore quelle était, dans ces impressions puissantes, la part exacte de mes rêves passés et celle des maigres confidences que m'avait distillées mon frère avant de me remettre son cahier jaune et bleu. La réalité est probablement trop évanescente, ou mon esprit trop rationnel.

Nous savions sa souffrance ; nous en sommes maintenant les spectateurs impuissants, par journaux et témoignages interposés. Comme derrière une vitre infranchissable. Mais mes parents, qui commençaient à envisager le pire, sont tout de même apaisés pour quelques jours. Ils ne soupçonnent pas plus que moi la dérive criminelle de Pierre. Comment le pourraient-ils ?

9

Rail de Malacca

De-retour-sur-la-mer-que-vais-je-faire.

Le 8 avril 2008, Pierre met le cap au Nord-Ouest, le long des côtes malaises, sans idée précise de sa destination. Fuir les promiscuités importunes, retrouver la mer, réfléchir à la suite.

Mon frère le sait, une nouvelle rengaine est le signe que de nouvelles heures troubles se préparent. De-retour-sur-la-mer-que-vais-je-faire. Comme toutes les autres, il la consignera ce soir dans son cahier jaune et bleu, avec une application presque religieuse.

Il se sonde en vain, tente de se faire une opinion de ses propres désirs. Que veut-il maintenant ?

« Rien » est sa première réponse. Puis, je ne sais par quel cheminement, il se convainc de n'avoir pas encore soldé le compte de ses ennemis. Un compte qui reste même amplement débiteur. Cette impression l'avait déjà surpris au sortir du fleuve Kualuh et de sa victoire peut-être trop facile sur un adversaire sans grande valeur ; elle avait enflé au cours de sa traversée vers la Malaisie comme une tumeur qui se réveille quand on la croit enfin terrassée, stupéfiante de résistance. Les villageois de Ketam, par la magie de leur hospitalité, ont provisoirement apaisé le mal. Mais ils ne pouvaient à eux seuls le résorber. L'heure de la rémission n'est pas venue.

Alors, à la litanie née du matin répond en échos celle de la veille, qui couvait en silence, pas vraiment dissipée, pas tout à fait éteinte. Prête à ressurgir au premier signal.

Exécuter-des-exécutants-c-est-pas-suffisant.

La pensée de mon frère s'éclaircit un peu. Il a un but à
nouveau, ou au moins une vague idée d'un nouveau but.
La partie n'est pas finie ! Le combat doit continuer.
Il songe d'abord à revenir à Belawan. Il lui reste tout juste
assez de munitions – à peine moins de deux chargeurs complets
– pour offrir un dernier spectacle à Bagus Ahsan et à ses
acolytes. Ce serait l'ultime assaut de Pierre, une sorte de
bouquet final de feu et de sang, le dernier mouvement
flamboyant d'une partition un peu trop poussive jusque là. Il n'y
survivrait peut-être pas, mais cela ne serait rien en comparaison
de son triomphe.
Il s'emballe, jubile, écarte finalement ce projet. Après
tout, il a déjà touché Bagus Ahsan en plein cœur. Il imagine
combien le guet-apens dans lequel le caïd a aveuglément
précipité ses hommes quelques jours plus tôt a déchaîné sa
colère, et peut-être même mis à mal son autorité. Pierre ignore
encore à quel point.
Il ne mesurera que bien plus tard l'ampleur des dégâts
qu'il a causés à Bagus Ahsan et à son organisation mafieuse. Ce
sont mes recherches, entreprises aussitôt après avoir englouti
ses souvenirs, qui les lui révèleront. Plusieurs portails
anglophones d'actualité indonésienne et un site gouvernemental
canadien dédié à la criminalité maritime, relatent la série de
règlements de compte qui a suivi la perte d'un équipage de
pirates de Belawan. Les dates coïncident exactement avec celles
du cahier jaune et bleu. Mon frère est parvenu à composer un
personnage si parfaitement naïf et débonnaire, que Bagus
Ahsan semble ne l'avoir pas soupçonné un instant !
Vraisemblablement habité par la certitude que des membres ou
des alliés de son organisation l'avaient trahi pour ravir son butin
– les détails de l'enquête sont confus –, le parrain a déchaîné
une guerre fratricide qui s'est conclue dans une marre de sang.
Lui-même fut durement touché, perdant son chauffeur, son
chien, un avant-bras et un œil au cours d'une fusillade. Son fils

Febri n'est en revanche mentionné dans aucun article. Sans doute ne l'accompagnait-il pas ce jour là. Peut-être la chance du simple d'esprit. Pierre en avait été soulagé.

Bagus Ahsan ne pourra jamais plus se dissimuler derrière ses habits d'homme d'affaire estimable : le voici, par l'ironie d'un sort que mon frère n'aurait jamais espéré déchaîner, transformé en Capitaine Crochet ! Cette découverte me donnera la première et unique occasion de rire avec Pierre de ses mésaventures indonésiennes.

De-retour-sur-la-mer-que-vais-je-faire.   Exécuter-des-exécutants-c-est-pas-suffisant. De-retour-sur-la-mer-que-vais-je-faire.

Durant plus de dix heures, Iloë poursuit sa route côtière droit vers le Nord-Ouest. Le vent torride, dévalant par bâbord entre une mer presque étale et un ciel parsemé de nuages légers, propulse le voilier à près de huit nœuds. Le thermomètre affiche quarante deux degrés sous l'abri relatif que forme la casquette du rouf[8] ; chaque apparition du soleil est une souffrance. Mon frère enclenche le pilote automatique pour se réfugier dans l'ombre mouvante de sa grand voile, sous le vent. Il s'allonge sur le dos, fermement agrippé d'un côté à une main courante et l'autre bras ballant par dessus bord dans la fraîcheur fugace des embruns. Il peut s'abandonner à contempler les courbes régulières que dessine la tête de mât en oscillant autour des nuages comme un pinceau glissant sur une toile, ou un crayon traçant d'invisibles rosaces. Des rosaces juste un peu plus grandes que celles que nous faisions ensemble, par centaines, quand nous étions enfants. Il imagine des traits de couleurs parcourant le ciel et se rappelle ces heures partagées sur la table basse du salon ou le parquet de notre chambre, nos parents s'obstinant à ne pas préférer le barbouillage de l'un ni de l'autre, à ne jamais désigner le

---

[8] Rouf : superstructure couvrant l'habitacle, située en avant et en arrière du mât d'un voilier.

vainqueur de nos perpétuelles compétitions de frères. A mon désespoir, car s'il est un seul domaine ou, malgré mon plus jeune âge, je surpassais Pierre, c'était bien le dessin.

Il s'assoupit, insouciant comme l'enfant de ses souvenirs, laissant son bateau progresser seul vers un horizon dégagé. Les cargos et les tankers croisent à des milles au large, le vent est constant, rien ne lui impose de rester éveillé. Il se contente d'entrouvrir négligemment une paupière à chaque grincement inhabituel, à chaque soubresaut suspect d'Iloë, puis se rendort aussitôt à la manière caractéristique des chats et des marins.

Quarante minutes de ce sommeil relatif lui suffisent amplement. Mon frère se redresse, jette un regard circulaire, examine ses voiles. Tout est en ordre. Il ne lui reste plus qu'à décider de la suite, presque sereinement. Il se rappelle seulement ses dernières conclusions : la partie continue. Et le couplet à la mode, le tube du jour :

De-retour-sur-la-mer-que-vais-je-faire.

Exécuter-des-exécutants-c-est-pas-suffisant.

Belawan écarté, c'est Avu Bay qui émerge de ses premières pensées. Les pirates ont revêtu de nouveaux masques depuis son escale chez les compères de Bagus Ahsan. Les visages nébuleux qui le hantaient jusque là se sont évanouis, remplacés par les portraits de chair et d'os qu'il a vu défiler du Jeruk jusqu'aux eaux noires du Kualuh. Pourtant ses ennemis, ses véritables ennemis sont bien les assassins d'Erick.

S'ils sévissent toujours dans les parages d'Avu Bay, Pierre ne s'est pas encore accordé la moindre chance de croiser leur chemin. Pire encore, il ne s'y serait pas pris autrement s'il avait voulu échapper à la confrontation : un séjour clandestin dans un repli inaccessible de la baie, sous la protection d'un coup de vent assez sauvage pour cheviller à terre les équipages les plus audacieux, un départ précipité après une stupide séance de tir aux mouettes. Aurait-il redouté, sans se l'avouer, un face-à-face avec ses fantômes ?

Rien ne laisse présager qu'ils sont toujours là bas. La vie de ces hommes est précaire, et la tentation d'une existence sédentaire est un danger qu'ils doivent écarter sans relâche. Sans doute la clameur médiatique causée par la mort d'Erick les a-t-elle aussi poussés vers d'autres horizons. Bien avant son départ de Port Vendres, Pierre m'avait dit et répété sa colère que l'enquête n'ait jamais abouti à la moindre arrestation. Il ne s'expliquait pas que les autorités indonésiennes, inévitablement agacées par une affaire nuisible à l'image de leur prétendu paradis touristique, n'aient pas entrepris une traque plus volontaire. Mieux valait vraisemblablement laisser choir ce drame aux oubliettes profondes de la presse. Mieux valait l'envoyer au cimetière bien garni des faits divers éphémères dont se délectent sans esprit de suite les journaux et leurs lecteurs. Au nom de cette tactique, un bâtiment de marine a-t-il discrètement envoyé les coupables par le fond ? Peut-être.

Peut-être pas.

En une poignée de secondes, mon frère se redresse, prépare les écoutes[9] pour un virement de bord express et, d'un coup de barre nerveux, expédie ses trois voiles vers le bord opposé dans un fracas de métal et de toile battue. L'étrave d'Iloë écume d'une rage nouvelle. Aussi minces soient les espoirs d'y croiser les assassins d'Erick, le voilier fait maintenant route vers le lieu du crime.

La baie d'Avu est à peu près à cent cinquante milles à l'Ouest. Si tout va bien, je ne devrais pas naviguer plus de deux jours et deux nuits face au vent avant d'y tremper mes fesses. En attendant, il va falloir tirer bord sur bord au ras des cargos. Un vrai parcours de santé !!! Je me sens un peu comme un kangourou prêt à traverser la Highway 1 entre les trains routiers. Ou un hérisson partant à l'assaut du périph parisien. Ou un scarabée corse sur le GR20 au mois d'Août. Ou... Arrêtons le bestiaire.

J'ai quand même un petit avantage sur eux : je sais ce que je fais, et

---

[9] Ecoute : cordage permettant de régler l'ouverture des voiles de part et d'autre d'un voilier.

je sais pourquoi.

Qu'est ce qui m'attend de l'autre côté ? Au fond, l'essentiel n'est pas ce que je vais y trouver. Je veux surtout être prêt à saisir ma chance si elle se présente. Je crois que je ne pourrais pas quitter ce putain de détroit sans avoir au moins essayé. Plus question de se défiler.

Sans aucun doute, cette traversée tumultueuse aura aussi le mérite d'absorber toute son attention, de détourner un peu les spectres qui reviennent frapper à sa porte.

Le Mercredi 9 Avril à 3h40, les lumières éparses du rivage indonésien sont plus proches que celles du rail maritime.

Je suis mort de fatigue, mais bel et bien sorti du merdier.

Ma cafetière a sifflé autant qu'elle a pu ; elle va maintenant devoir se taire, faute de munitions. Le dernier paquet est vide, et le jus qui fume dans mon mug n'est pas plus noir qu'un Earl Grey bien infusé.

Il est temps de débarquer.

10

Delok

Un jour nouveau se lève et Avu Bay en rougit. Le rivage boisé, sans relief, du vaste ilot qui barre l'entrée de la baie semble se courber sur son versant Nord au fil de la progression d'Iloë, comme pour saluer son retour. Mon frère a préféré ne pas se faufiler dans l'étroite passe Sud, où se réveille tranquillement un petit village de pêcheurs et d'agriculteurs. Ivre de fatigue, il éprouve la sensation inattendue de pénétrer un endroit familier. Presque rassurant. A bien y réfléchir, il est toujours entré dans cet abri avec un certain soulagement, en quête de repos avec l'équipage d'Ellister ou de protection lors de sa précédente visite. Les deux fois en revanche, son départ fut pour le moins chaotique.

Il ne sait plus vraiment ce qu'il y cherche aujourd'hui. Des réponses à ses trop vagues interrogations ? D'improbables pirates ? Ou bien s'évertue-t-il seulement à prolonger sa fugue ? A nous fuir encore.

Mercredi 9 Avril. Alors que mon frère, sans émotion particulière, jette l'ancre tout près du dernier mouillage d'Ellister et se prépare à une matinée de récupération, les dernières ampoules s'éteignent dans la campagne du Tarn-et-Garonne.

J'ai quitté mon studio toulousain pour passer la semaine de Pâques auprès de mes parents. Cela fait des semaines que je ne les ai pas vus. Sans doute parce que, au plus bas de mes désillusions amoureuses, je me sais incapable de leur apporter le secours moral dont ils auraient besoin.

Elsa m'a mis KO. J'ai jeté l'éponge à sa première ruade, tétanisé par l'enjeu, par mon désir, intimidé par une vague culpabilité. J'ai jeté l'éponge avant même d'engager le combat. Puis je n'ai pas quitté l'état d'hébétude où elle m'a abandonné. Quand je me laisse aller à traîner sans but sous ses fenêtres, je me vois, piteux, au pied d'un ring où je n'aurai jamais le cran de monter. Jamais. Il m'arrive d'en pleurer. Et me voilà aujourd'hui face à mes parents, défait, incapable de soulager leur peine mille fois plus légitime que la mienne.

Je voudrais assumer mon éloignement d'Elsa pour le rendre plus supportable. Me convaincre que mon naufrage doit tout à la vertu. Le mettre sur le compte de l'amour fraternel, de l'honneur, du sacrifice. Mais je ne parviens pas à croire mes mensonges. Je vois bien qu'un genre de lâcheté me paralyse. C'est à n'y rien comprendre. Pourquoi mes sentiments ne me propulsent-t-ils pas vers Elsa ? Tant de récits, tant de romans, de films pour se convaincre que l'amour enivre, exalte, que rien ne lui résiste. Et moi, je me morfonds, je me consume, comme rongé de l'intérieur par une fièvre impossible à exorciser. Je ne me l'explique pas.

Est-ce-que je m'en relèverai un jour ?

Mes efforts pour faire bonne figure sont vains. Ma mère a perçu mon mal-être au premier regard. Elle me questionne sans relâche pour savoir si j'ai des ennuis. Bien sûr, il est hors de question de concéder la moindre allusion à Elsa. Je feins l'étonnement et lui réponds en vain que tout va pour le mieux. Puis je m'invente des préoccupations anodines au sujet de mes prochains examens universitaires, des nuits blanches vouées à un mémoire fastidieux, parfois même des soirées trop arrosées. Et lorsque ce n'est pas assez, lorsque j'y suis acculé, un peu honteux de m'abandonner à cet ultime recours, je prétends que le sort de Pierre est sans doute une cause majeure de mes tourments. Elle tente alors de me réconforter et je la sens finalement ragaillardie parce qu'elle a trouvé en elle les forces qui me manquent, presque heureuse de pouvoir tenir encore, malgré l'adversité, son rôle protecteur de mère.

Mon père est, lui, de plus en plus absent, secret, taciturne.

Il le tait mais ne supporte plus l'absence de son premier fils, sa plus grande fierté, celui qu'il avait tant désiré et qui lui ressemble bien plus que moi. L'éloignement n'est rien. Ce n'est pas la première fois que Pierre passe de longs mois loin de ses bases. C'est sa fuite, et ce silence inexplicable, qui anéantit mon père. C'est leur complicité disloquée, leur confiance incompréhensiblement brisée. Ils parlaient ordinairement assez peu ; pourtant il leur arrivait de consacrer des heures, des jours, parfois des semaines, à explorer un sujet quand ils étaient pris de la même curiosité, de la même fièvre. Je me souviens de cette éolienne qu'ils ont eux-mêmes conçue puis édifiée de leur main, durant tout un été. Cinq ans plus tard, elle tourne encore, mollement, au fond du jardin. La nuit, des halos de lumière verte enveloppent grâce à elle les haies et les massifs du jardin familial.

Mon père a toujours été, en dépit de sa réserve naturelle, le pilier le plus solide de la famille, celui sur qui nous pouvions nous appuyer dans les moments de doute. Mais il ne tient plus son rôle. Je me demande souvent s'il se serait ainsi effondré si j'avais été à la place de Pierre. Je préfère ne pas m'attarder sur cette question dont je devine la réponse.

Le soleil s'éteint en silence sur Avu Bay puis poursuit sa course vers nous, plongeant résolument derrière l'horizon sanguinolent du soir indonésien. La petite centrale éolienne qui se dresse à la poupe d'Iloë n'est pas plus animée que la nôtre.

Quelques pêcheurs s'enfoncent placidement dans la pénombre des nombreuses rivières qui se déversent dans la baie.

Pierre a dormi plus qu'il ne l'envisageait, jusqu'aux profondeurs de l'après midi. Il se serait même réveillé plus tard si un violent cauchemar ne l'avait tiré de sa couchette. Il y était question de pirates, encore et encore, d'Iloë et d'Ellister, comme amalgamés, du paysage qui l'entoure, d'eaux noires où se reflète la pleine lune.

En sueur, mon frère essuie son front. Il a une faim de mérou. En dépit de l'heure, il rêve d'un vrai petit déjeuner à la française, de café fumant et de croissants au beurre. Mais il n'a ni l'un ni l'autre… Faute de croissants, quelques gâteaux secs feront provisoirement son repas. Mais il est exclu de se passer de café !

Croissants-et-café-Où-est-mon-déjeuner.

Il extrait l'annexe pneumatique de son sac, la déploie sur le pont pour gonfler l'un après l'autre les trois compartiments, la pose sur l'eau en la retenant par son amarre, la traîne vers le tableau arrière comme on promène son chien en laisse, installe le moteur. Une seule idée le guide. Croissants-et-café-Où-est-mon-déjeuner.

Il réunit sacs de couchage, oreillers et vêtements au fond de sa couchette, pour mieux dissimuler la trappe derrière laquelle est stocké son arsenal ; il ferme les hublots, verrouille à double tour le sas d'entrée et saute dans son petit pneumatique.

Le village de Delok se niche derrière une bande de terre cultivée. Il n'est donc pas visible depuis le mouillage d'Iloë. Mais un quart d'heure suffit au petit Evinrude pour y propulser mon frère, le long du canal naturel qui partage les champs en une ligne droite presque parfaite. Des badauds, suspicieux, scrutent l'arrivée de mon frère sur son embarcation miniature, aux allures de jouet. Puis ils vaquent à leurs occupations, indifférents. Sur la place du village, une agitation inhabituelle, peut-être les préparatifs d'une fête, entoure la petite épicerie. Le commerçant, qui a installé son tabouret sur le trottoir, se lève à l'approche de l'étranger, et fait un salut étrange en baissant les yeux. Mon frère lui rend un « bonjour » bien français – à quoi bon parler anglais, puisque personne ici ne le comprend ? –, se faufile entre des rayons profusément garnis et pointe son doigt vers les paquets de café qui s'agrippent tant bien que mal entre le plafond éventré et une étagère inaccessible. Les boites de thé, visiblement plus prisées des clients locaux, se trouvent un bon mètre plus bas. L'homme escalade une échelle et désigne l'emballage vert sombre de l'unique marque disponible. Mon frère acquiesce tout en agitant frénétiquement ses mains pour réclamer les huit paquets disponibles. L'épicier fait une moue perplexe, en empoigne deux, puis trois, l'œil interrogatif, ne capitulant pas avant d'être convaincu qu'il a bien compris la demande singulière de son client.

Croissants-et-café-Où-est-mon-déjeuner.

Cette épicerie est une bénédiction. Elle expose même une sorte de croissants frais enveloppés de farine, dont la pâte se révèlera coriace, généreusement sucrée et, au total, plus goûteuse qu'elle ne paraissait.

Pierre fait une razzia sur les gâteaux secs en tous genres, remplit son cabas de riz, de dates confites, et de fruits frais. Il s'offre même quelques morceaux d'une viande, qu'il identifie comme du filet de vache, et un pack de Bintang, la bière locale. Puis il retourne à son bord sans traîner, entouré de la fumée blanche et des pétarades de son vaillant moteur.

Bien qu'insolitement copieux, le dîner et le café n'ont pas le goût festif du 15 Mars dernier, dans la tempête qui agitait la baie. Iloë ne se trouvait alors qu'à quelques centaines de mètres de là. Pourtant tout est différent aujourd'hui, et le temps qui s'est fait clément n'y est pour rien.

Lors de sa précédente escale, Pierre était encore en partance. Malgré les échecs et la frustration de ses premières errances, il ne doutait pas que son projet rebondirait vers une issue favorable, qu'il trouverait lui même les clés pour y parvenir. Moins d'un mois plus tard plus tard, le voyage touche inévitablement à sa fin. En dépit d'un espoir nouveau, malgré sa décision de pousser sa vengeance encore un peu plus loin, une boucle est en train de se refermer sur lui et sur cette sinistre baie. Il n'écumera plus les tavernes, n'ira pas à la rencontre des pirates et ne peut davantage présumer que ces derniers viendront à lui. Sans doute a-t-il l'intuition que cette escale est une impasse. Mais il ne renonce pas. Il y a des volontés qui préfèrent vous anéantir que de vous quitter inassouvies, des refrains plus tenaces que les autres.

Exécuter-des-exécutants-c-est-pas-suffisant.

Cette nuit là est infâme. Pierre se penche sur sa bibliothèque, ouvre un livre au hasard, puis l'abandonne quand il réalise que les pages qu'il parcourt ne sont qu'un fond d'écran où prospèrent ses idées noires. Il a déjà trop dormi aujourd'hui. Inutile de chercher le sommeil. Il faut trouver autre chose.

Musique ! Du rock à s'en crever les tympans. Un précédent propriétaire, mélomane, avait eu l'étrange idée d'équiper le voilier d'une petite chaîne stéréo. Le moment est venu de lui faire cracher les Watts. Les batteries en regorgent, chargées à bloc par le vent et le soleil des derniers jours. Les hauts parleurs grillagés de noirs et l'ampli ReVox en aluminium brossé, parsemé de gros boutons poussoirs, sont encastrés dans le mobilier du carré. Leur aspect est désuet, presque « vintage », mais le son qu'ils délivrent est chaleureux et de qualité plus qu'honorable. Je me souviens que Pierre avait eu l'intention de les retirer peu avant son départ, les jugeant totalement incongrus sur un bateau condamné à produire sa propre énergie, à réduire sa consommation à l'essentiel. Ce dispositif lui paraissait d'autant plus superflu qu'il avait pris l'habitude depuis longtemps d'écouter sa musique dans le casque de son baladeur mp3, plus approprié à son mode de vie nomade. Ignorant que son périple prendrait cette tournure, je l'avais néanmoins convaincu de le conserver en vue de nos prochaines virées au soleil de Méditerranée, de nos prochaines vacances d'été sur Iloë... Si mon frère avait cédé, c'était sûrement pour ne pas me pousser sur la piste de ses intentions secrètes.

Il branche son baladeur sur la prise *Auxiliaire* de l'ampli, presse le bouton *On* et lance ses groupes préférés : The Killers et Green Day, qu'il a aimés longtemps avant leur apogée, The White Stripes. Puis le ton monte. Motörhead, Rahmstein, AC-DC.

AC-DC ! Pierre a eu un jour la surprise inouïe de partager

une scène avec Angus Young. Pas en concert, non... Le guitariste virtuose du mythique groupe australien, adulé des foules de rockeurs, lui a remis de ses mains le trophée de la Sydney-Hobart 2003. C'était la troisième victoire d'Ellister, et la deuxième de mon frère, dans cette course. Erick Blade et les autres membres d'équipages, connaissant l'admiration du « frenchie » pour le groupe, l'avaient poussé devant eux sur la scène. Il ne s'y attendait pas. Il n'avait pu balbutier que deux ou trois mots, osant à peine poser les yeux sur l'idole de son adolescence. Mais il en parle avec orgueil à chaque fois qu'une occasion se présente, comme un soldat exhibe sa plus belle décoration. Je suis sûr qu'un frisson le parcourt encore en écoutant AC-DC ce soir d'Avril 2008. Sûr qu'il se sent moins seul au monde pendant un instant.

Les coups de boutoir des basses et les gémissements des guitares saturées font trembler Iloë du pied à la tête de mât. Pendant des heures, dans la lueur jaunâtre du VUmètre de l'ampli, mon frère vibre avec son bateau, boit quelques bières, se tord comme une rock star sur scène, agite sa tignasse grasse tel un guitar hero en overdose de décibels.

Alors que l'aube approche, Joy Division joue l'inusable *She's lost control*. Pierre s'effondre.

Il émerge, comme la veille, en début d'après midi, éteint la stéréo, restée en veille, inspecte machinalement le niveau de charge des batteries. Elles ont raisonnablement surmonté l'épreuve et l'éolienne, animée par un fringant vent du Sud, se charge d'ajouter les dixièmes de volts envolés. Mon frère prépare le café tout en engloutissant deux de ces croissants gorgés de glucides achetés hier.

Cela fait au moins vingt jours qu'il ne s'est pas rasé. Même blanchie par le sucre et la farine de la pâtisserie, il gardera sa barbe aujourd'hui encore. Je suppose qu'il se lave à peine, quoique ce soit l'un des rares détails du quotidien sur lesquels son cahier à spirale jaune et bleu fait obstinément l'impasse.

Ce dernier, d'ailleurs, a changé de physionomie depuis la halte de Ketam et la rencontre avec les touristes français ; les descriptions et les commentaires y ont subitement perdu leur précision habituelle. Ce jour là, Pierre avait noirci cinq pages, presque un record, pour partager – je ne sais s'il pensait déjà : avec mon frère – son après-midi joyeuse en compagnie des villageois. Puis, incapable de retrouver le sommeil après l'abordage des Ch'tis, il avait tenté de se calmer en gribouillant encore quelques mots fielleux, rehaussés de ratures colériques.

Par la suite le cahier jaune et bleu ne se remplira plus qu'au compte goutte, pendant des semaines, donnant l'illusion que les jours se sont considérablement abrégés, comme pris dans un hiver soudain.

Qu'Iloë soit en mer ou au mouillage, le carnet de bord du voilier continue d'afficher une somme d'informations pratiques, avec une précision rigoureuse et détachée.

16h30 : Renforcé quelques coutures du génois qui menaçaient de lâcher près du point d'écoute. Vent de Sud trop fort pour le dérouler complètement et vérifier sur toute la longueur. A faire plus tard.

Le décalage des tonalités entre les deux journaux tenus par mon frère est parfois déroutante. Quiconque les lirait sans connaître leur parenté jurerait qu'ils retracent deux voyages différents. Dans son cahier jaune et bleu, Pierre écrivait à peu près à la même heure :

J'ai l'impression que ma tête a doublé de volume pendant la nuit. Je me suis reluqué au moins dix fois dans le miroir, mais je n'ai rien vu de spécial à part l'épaisseur de ma barbe. Je l'avais à peine remarquée jusque là.
J'ai dû écouter trop de musique, ou trop fort. Ou j'ai perdu l'habitude.

Ce sont ses derniers mots intimes de la journée, les seuls d'ailleurs avec le récit de ses divagations musicales nocturnes. Et le soir qui s'avance le laissera presque sans voix. Il ne se confiera plus à son cahier avant d'être loin d'Avu Bay et du détroit de Malacca, loin de cette soirée du 9 avril qui s'apprête à ébranler ses dernières certitudes ; mon frère attendra trois semaines de mer et de quasi silence pour en faire un compte rendu minutieux.

Il est vingt et une heures dix ; la nuit est claire. Avachi dans le cockpit une bière à la main, mon frère scrute passivement les scintillements des lumières sur les rives, loin derrière l'éolienne qui en a fini de tourner. Plus tôt, il a observé les bugis et les barques s'enfonçant dans les estuaires pour regagner leur port, les cales chargées de poissons à en croire les nuées de mouettes qui les accompagnaient. Cela fait trente minutes au moins que leur ballet a cessé. C'est pourquoi il prête une attention particulière au bateau qui vient de surgir de l'horizon à une petite vingtaine de nœuds, tous feux de route allumés. Le bugis semble d'abord prendre le même chemin que d'autres avant lui. Pierre est intrigué par la modestie de son escorte : une dizaine d'oiseaux à peine. Peut être a-t-il subi une avarie, qui justifierait à la fois son retard et une pêche famélique. Lorsque le capitaine vire brutalement devant l'entrée de l'estuaire, une brève décharge électrique parcourt la colonne vertébrale de mon frère. Trois lueurs, rouge à droite, blanche au milieu et verte à gauche, fondent sur lui. Sans réfléchir, Pierre se jette dans le carré, plonge dans sa couchette, ouvre la trappe du fond. A tâtons, il saisit son arme et les deux chargeurs contenant ses dernières munitions. Et si le bateau ou les marins étaient ceux du 5 Mai 2006 ? Le lieu est le même, l'heure à peine moins tardive. Ne pas rêver, rester lucide. Il ne ressent aucune angoisse. Le combat est encore hypothétique. Sa seule certitude est de devoir s'y préparer. Les lumières grossissent à travers les hublots. Elles sont déjà là, à portée de main. Le bugis contourne une première fois Iloë, puis une seconde, comme un picador parcourant l'arène pour jauger le « toro », et les deux bateaux se retrouvent bientôt flanc contre flanc, s'effleurant à peine pour l'instant. Pierre, qui n'attendait pas cette rencontre, qui ne l'espérait pas ce soir ni même peut-être les jours suivants, ne la désire pas autant qu'il l'aurait cru. Il ne s'emballe pas, s'efforce d'envisager toutes les possibilités. Le navire est indonésien, c'est évident ; il ne risque pas cette fois de se retrouver nez à nez avec des touristes. Mon frère ne croit pas non plus avoir affaire aux autorités locales. Le bugis, équipé d'un portique et de treuils auxquels sont suspendus des filets, n'a rien d'une vedette de police. Mais comment en être certain ? Comment savoir sur quoi naviguent les gardiens de la loi dans cet endroit perdu ? Ou bien cet équipage serait-il à la solde de Bagus Ahsan ? Pierre songe qu'il s'est taillé un sacré costume de paria en quelques semaines à peine, donnant à la pègre comme aux autorités indonésiennes des motifs sérieux de le pourchasser.

Une voix d'alto se met à vagir, autoritaire. Pierre hésite. Faire face à des policiers avec une arme serait suicidaire. Affronter des pirates les mains nues le serait tout autant. Il s'approche du hublot, éponge la buée, distingue deux silhouettes humaines déformées par le léger voile du plexiglas, puis une troisième. Les projecteurs éclairent des vêtements vaguement rouges, jaunes, blancs : il ne devrait pas y avoir d'uniformes à bord. Dehors, le ton monte ; les marins se disputent en s'amarrant à Iloë. Il faut décider. Et qu'a-t-il à perdre après tout ? Il est déjà au bout du voyage.

Alors il sort prudemment, en dissimulant le Mini Uzi derrière sa jambe droite. Les deux hommes qui se querellaient se taisent dès qu'apparaît l'improbable forêt de cheveux et de poils plantée au bout d'un cou émacié. L'autre marin tournait le dos, son ciré de pêcheur rouge délavé flottant sur un T-shirt mité. Alerté par le silence soudain, il pivote nerveusement sur lui même, pointant vers mon frère un imposant couteau et un regard conquérant. Il n'en faut pas plus pour que Pierre entre en ébullition. Instantanément. Des flots de rages embrasent son esprit, contractent ses mâchoires, jaillissent dans ses membres. Comme un réflexe, son bras se déploie pour mettre en joue les pirates. Lui qui ne hausse jamais le ton, il s'entend soudain hurler :

  - Tu veux quoi, pourriture ? Hein ? Vous voulez quoi ? C'est moi que vous cherchez ? C'est moi que vous cherchez ?

Un rire étrange, glacial, incontrôlable comme un hoquet, se forme dans sa gorge.

- C'est moi que tu cherches, salopard ? Eh, je suis là ! Tu veux mon bateau ? Tu le veux, c'est ça ?

Pierre glousse encore, comme un dément, un enragé. Il n'est que spasmes et tremblements. Il a perdu le contrôle de ses émotions, mais sans doute pas tout son jugement. S'il n'ouvre pas le feu dans cet instant d'abandon comme il l'avait fait sans hésiter quelques jours plus tôt, c'est que le marin au couteau oppose à sa furie une colère décuplée, énigmatique, inattendue. Bousculant les règles d'un jeu trop prévisible, le petit homme continue d'agiter sa lame au lieu de mendier une improbable clémence et, d'une voix suraigüe, invective mon frère, brandit une caisse de poisson, lui expédie à la figure une poignée de petite friture, feint de lui jeter en pâture un autre équipier, bossu, qu'il secoue en le tirant par le col. Il récuse férocement toute domination, refuse la moindre concession au déchaînement de Pierre. Il veut imposer sa propre fureur et y parvient finalement.

Comme une bête sauvage sous le fouet d'un dresseur, mon frère se tait d'abord, hébété, puis baisse la garde et capitule. Que lui arrive-t-il ? Suffirait-il de le brutaliser un peu pour qu'il abandonne ses projets et se livre corps et âme ? A qui se livre-t-il, d'ailleurs ? Personne ne se rue sur lui, personne ne l'éventrera ce soir. Les miséreux qui lui font face semblent ne pas en revenir d'avoir échappé à sa folie. Nul ne peut dire quelles étaient leurs réelles intentions. Espéraient-ils se refaire après une mauvaise journée de pêche ? Etaient-ils vraiment menaçants ? Pierre n'a plus aucun souvenir des instants qui ont précédé ces éclats de voix, plus aucune certitude.

Le bossu reprend des couleurs à mesure que mon frère perd les siennes. Il se tortille sous ses loques en désignant la marée maigre mais encore remuante au fond de la caisse. Il agite ses bras démesurés en s'épanchant dans sa langue. Sans doute prétend-t-il n'avoir eu d'autre intention que de fourguer sa marchandise d'honnête pêcheur. Le troisième homme, au tempes grises, reste muet et sombre. Pierre se tient debout face à eux, pétrifié, hagard, le regard plongé dans un vide nocturne.

Un bref silence s'installe. Le petit dompteur au couteau ne quitte pas son fauve du regard. Il sait l'animal imprévisible et ne compte pas lâcher la bride avant d'être hors d'atteinte de ses griffes. L'homme sent que, sous sa crinière épaisse et débonnaire, mon frère n'a rien d'une bête docile.

Il ne se trompe pas. En reprenant peu à peu ses esprits, Pierre mesure plus nettement l'emprise qu'il subit et s'en agace. La pression remonte lentement jusqu'à ses tempes, l'écume revient à ses lèvres. Mû par un soubresaut d'orgueil, ou de folie, il ranime soudain son bras armé, expédie une courte salve de 9mm vers les étoiles, puis menace à nouveau l'équipage. Les hommes se raidissent. Pas un ne bronche cette fois. Le dompteur lui-même semble plongé dans le doute, découragé par le feu qu'il croyait pouvoir maîtriser. Pierre, lui, reprend le fil de sa guerre absurde. L'étalage d'indignation et de bons sentiments auquel il vient d'assister ne l'a pas convaincu. Il n'est plus certain d'avoir affaire à des pirates. Mais s'ils en sont, ce sont sûrement les derniers dont il croisera la route. Il ne peut pas, ne doit pas, les laisser s'enfuir comme ils ont surgi. Il ressent une nouvelle urgence : délester son âme d'un poids trop lourd, exhiber ses blessures peut-être, cracher à leurs figures drapées d'innocence les miasmes du désespoir qu'ils lui ont inoculé, eux ou leurs semblables. C'est l'instant ou jamais. Il les toise, sans les défier. Son arme suffit.

- Vous aurez peut-être de la chance…

Un long silence fige les regards angoissés des indonésiens. Pierre se sent pétrifié aussi puis finit par se ranimer.

- Je vais peut-être vous laisser vivre, je ne sais pas encore. May be I'm gonna leave you alive, you understand ? Do you understand ? Non, vous ne comprenez rien, bien sûr. Putain ! Vous ne parlez que votre putain de langue !

A mesure qu'il hausse le ton, les trois hommes baissent la tête, l'un après l'autre. Pierre se calme à nouveau.

- Vous savez où ça mène, vos petits jeux ? Vous auriez vu ça… Ce bain de sang. Est-ce-que vous étiez là, d'ailleurs ? J'en sais rien. Comment savoir ? Vous avez l'air plus ahuri que méchant, mais ça ne veut rien dire. Je sais que ça ne veut rien dire.

Il s'arrête, déglutit. Des larmes voilent sa vision. Ils les essuie d'un revers de main.

- Si vous aviez vu ça… Quel gâchis. Et pourquoi ? Pour un réchaud de merde… Qu'est ce que vous pouviez bien chercher ? Vous ne le saviez même pas. Vous l'avez tué pour rien. Pour rien !

Pierre recule sous le mât d'artimon, dans une obscurité presque totale, pour dissimuler le torrent de larmes qui le submerge maintenant.

- OK, je vais peut-être pas vous tuer. Mais si j'étais sûr que vous soyez des salopards de pirates, j'hésiterais pas. J'hésiterais pas. Quel gâchis… Est-ce que vous avez vu ça ? Ce gâchis ! Comment vous avez pu ? Vous, ou les autres.

Il se tait, n'ayant pas la moindre idée de ce qu'il peut ajouter à tous ces mots, désordonnés et vains. D'ailleurs, que voulait-il dire au juste ? Il n'en sait plus rien. Avec plusieurs semaines de recul, il écrira dans son cahier jaune et bleu :

Je n'avais jamais gueulé comme ça. Quelque chose me disait que ces trois types n'étaient pas nets, mais je crois que c'est surtout à moi-même que je m'en prenais. Qu'est-ce que je foutais-là, face à eux, dans LEUR baie ? Pêcheurs ou pirates, ou les deux à la fois, peu importaient leur mode de vie, leurs règles, qu'ils aient une morale bien proprette ou pas. Ils étaient chez eux et moi seulement de passage.

Ellister, Iloë, Erick, moi, je crois qu'on n'aurait jamais dû pointer notre nez là-bas. Erick ne pouvait pas le deviner. Mais moi… Une fois aurait dû me suffire pour que je comprenne.

Si je hurlais, c'était aussi pour retenir les sanglots qui me serraient la gorge. Pour arrêter ces putains de larmes. Et je n'y arrivais pas. Il y avait au dessus de mon crâne une sorte de masse monumentale qui m'écrasait et m'empêchait de me contrôler. Cette masse, c'était un mélange de dégoût et de doute.

[…]

C'est ici, ce soir là, que j'ai commencé à réaliser que personne ne me devait rien, qu'aucun sacrifice ne changerait les malheurs passés ou n'empêcherait les prochains. Je ne l'aurais peut-être jamais admis si ces types ne m'avaient pas poussé dans mes derniers retranchements.

L'homme aux tempes grises vient de s'agenouiller et, les mains jointes, implore la pitié de Pierre. Peut-être confesse-t-il aussi ses fautes. Ses paroles sont impénétrables mais son visage tout entier semble avouer et se repentir. Les autres se mettent à jacasser à leur tour, comme pour couvrir la voix d'un complice trop bavard. Mon frère est à bout de force. Il en a trop vu, trop entendu. Il fait un pas hésitant en avant.

- Allez, tirez-vous ! lance-t-il en balayant l'espace d'avant en arrière avec le canon de son arme, d'une voix lasse et chevrotante. Partez, je vous dis, tirez-vous !

Les hommes hésitent, tentent de s'assurer qu'ils ont bien saisi cette nouvelle injonction, s'activent progressivement, vérifient que mon frère ne se ravise pas, incrédules, larguent les amarres. Leur bateau s'enfonce bientôt dans l'obscurité définitive de la baie.

Ecœuré, perdu, Pierre se laisse glisser au fond du cockpit. J'ignore combien de temps il reste là, prostré. Je ne sais s'il s'accorde un peu de repos avant de s'enfuir, s'il trouve le sommeil. J'en doute. Tout ce qu'indique son carnet de bord, c'est qu'il quitte à jamais la baie d'Avu et les rivages de Sumatra en direction du Sud-Est peu avant l'aurore du vendredi 15 Avril. Peut-être a-t-il l'intention d'emprunter le détroit de la Sonde, à la pointe Sud de Sumatra, pour pousser plus loin sa route vers la Méditerranée, puis la France. Envisage-t-il un instant, sur ce chemin, une escale reconstructrice à l'orée du canal de Suez ? Il a si souvent rêvé d'un séjour dans les sables de Tadjoura. Peut-être l'idée le traverse-t-elle aussi de tenter sa chance ou de se perdre davantage dans les eaux infestées de pirates du golfe d'Aden.

11

Mer d'Arafura

Sans raison apparente, la route du voilier s'incline progressivement vers les côtes méridionales de Malaisie, à l'opposé de mes premières suppositions.

Quelle sont les nouvelles rengaines de Pierre ? Tandis que le journal du bord se cantonne à des relevés de positions et des observations météorologiques toujours plus sommaires, le cahier jaune et bleu reste, lui, parfaitement muet durant près de trois semaines. Jusqu'au matin du 3 Mai 2008. Ce samedi là, mon frère éprouve le besoin soudain de reprendre le fil de son récit. Et de se souvenir de nous. Il décrit sur trois pages, en s'adressant à nos parents et dans un désordre prodigieux, une multitude de bribes d'instants vécus ensemble. Certaines de ses phrases sont bancales, indéchiffrables même pour moi qui ai partagé l'essentiel de son existence.

La date qu'il choisit pour renouer avec son journal est aussi le jour de notre échange téléphonique avec les touristes Ch'tis. Je ne crois pas que cette coïncidence doive quoi que ce soit au hasard, pas plus que les rêves troublants dont ma mère et moi avons fait l'expérience. Nous pensons les uns aux autres, au même instant, avec la même intensité, comme si nos cerveaux étaient reliés par des fils conducteurs de pensée longs de plusieurs milliers de kilomètres. Nous sommes subitement connectés, échangeons des données, des émotions. Nous entrons dans un réseau évanescent, impénétrable, sans codes ni contours, sans couleur, sans matière ; mais cette toile là n'est pas virtuelle. Cela n'a aucun sens, je sais. C'est pourtant tellement évident.

La liasse de correspondance confectionnée par Paris-Match nous est parvenue la veille, un mois à peine après la rencontre houleuse entre Pierre et les Ch'tis. Nous avons tenté de joindre ces derniers dès que nous avons découvert leur courrier, mais il a d'abord fallu se contenter de la voix mécanique d'une messagerie. Ma mère a refait une bonne dizaine de tentatives dans la matinée, toujours en vain. Heureusement pour les nerfs de mes parents et les miens, nos globe-trotters n'étaient que de brève sortie et n'ont pas tardé à nous rappeler. Il devait être 15h00. Le téléphone a déjà sonné plusieurs fois ces dernières heures et nous nous sommes rués sur lui avec la même énergie à chaque fois. Cette sonnerie-là est la bonne.

A cet instant, mon frère est déjà loin du village de pêcheurs de Ketam, loin du ponton où l'ont abordé nos précieux informateurs, presque sur une autre planète. Il a déserté depuis des jours le détroit de Malacca, qui lui était presque devenu familier. Il erre maintenant entre Java et la Malaisie, se laissant porter de Sud en Est au gré des vents. Il gagnera bientôt la mer de Bali, au seuil de l'océan indien, puis franchira de nuit l'archipel indonésien par le passage étroit de Kota Mataram, parmi les lumières des villes et des hôtels touristiques. Privé de ses derniers repères, abandonné même par le désir de vengeance qui traçait jusqu'ici sa route, il éprouve la nécessité fulminante de s'agripper à sa famille, à nos souvenirs communs. Il aligne les mots sur le papier à mesure qu'ils traversent son esprit cafardeux, prend son père par l'épaule au détour d'une anecdote, tient la main de sa mère en secouant son passé, pas si lointain, comme on agite un soda pour en faire remonter la pulpe. Avec l'affection d'un grand frère lassé de martyriser son cadet, il parcourt en vrac quelques mauvaises farces dont j'ai fait les frais. Il divague, s'embrouille, puis conclut sa logorrhée par un court paragraphe, limpide et attendrissant, consacré à Elsa, qui lui manque presque autant qu'à moi.

Depuis son dernier passage dans le Tarn-et-Garonne, elle ne m'a donné aucun signe de vie. C'est tant mieux car elle occupe toujours trop de place dans mes pensées. Je m'emploie autant que je le peux à la chasser de mes désirs, sans y parvenir vraiment. J'ignore encore qu'une certaine Anna se prépare à me délivrer.

Mes tourments n'échappent plus à ma mère ; ce samedi là, elle se garde bien de me rendre compte de son interminable conversation téléphonique avec Elsa. Cela fait des semaines en vérité qu'elle a classé le sujet « tabou » et prend un soin évident à m'épargner toute allusion douloureuse. Leur complicité s'est pourtant renforcée au fil des épreuves et des incertitudes, sans doute parce qu'elles étaient les seules femmes à aimer Pierre. Je crois aussi qu'il était vital pour l'une et l'autre de partager leurs peurs, de les apaiser, d'entretenir leur espoir avec des mots féminins.

J'étais jaloux de cette connivence, qu'Elsa m'avait refusée. Je connaissais toute la raison de son intransigeance et la partageais, au fond. Mais la raison n'avait alors aucune emprise sur moi.

Quelques jours avant ce week-end familial, je déambulais sur un quai du métro parisien, en transit entre Londres et Toulouse. J'étais de retour d'une courte mission pour le compte d'une société pharmaceutique où j'effectuais mon stage de première année de Master. La nuit précédente, passée avec mes hôtes anglais entre pubs et boite de nuit, m'avait laissé dans des vapeurs persistantes. Je n'ai pas remarqué tout de suite la grande brune distraite, qui attendait debout, de l'autre côté des rails ; mais mon regard s'est figé dès qu'il s'est posé sur elle. Ce n'était pas Elsa, ni même son sosie ; peut-être un avatar, une allégorie urbaine. Elle avait sa beauté insolite et sa blancheur, la même taille aussi. Sa tenue était plus sophistiquée – pantalon sombre et talons hauts accentuant exagérément une longue silhouette –, mais son allure, son ardeur à maltraiter son téléphone, les oscillations de sa mâchoire broyant un chewing-gum, ses yeux plissés sous des cheveux qui n'en finissaient pas, et sans doute l'état second dans lequel me plongeait la fatigue, tout me ramenait à Elsa. Au point d'en oublier pourquoi je me trouvais sur ce quai nauséabond, de ne plus rien attendre qu'un signe imperceptible de sa part, un sourire peut-être. Non, un sourire aurait été miraculeux. Juste un regard. Un regard m'aurait comblé. Ce n'était pas un coup de foudre : même si elle avait plongé ses yeux dans les miens, je ne me serais pas jeté sur les rails pour la rejoindre ni ne lui aurais hurlé ma passion. Seulement, cette fille ajoutait à ma respiration comme un vibrato, une vacillation familière, une bouffée d'Elsa. Mais elle ne cessait de m'ignorer. Une éternité. Il y avait décidément beaucoup d'Elsa en elle… Puis une percussion métallique, précédée d'un souffle tiède, a jailli des tréfonds du tunnel, comprimant le temps, pulvérisant mes espoirs. Je n'entendais plus que le battement accéléré des secondes sur les rails. Va-t-elle enfin lever les yeux vers moi ? Est-il possible qu'elle ressente cette urgence, même vaine, éphémère, dérisoire ? La machine a déferlé sur mes dernières illusions. Impossible de distinguer mon fantôme d'Elsa parmi la foule compacte qui se massait dans les wagons. Sa rame s'est engouffrée dans une autre obscurité. Le quai d'en face n'était déjà plus qu'un désert sinistre. Mon métro a surgi à son tour. Les épaules se sont frottées. Et moi, je suis resté là, figé malgré la bousculade, avec cet étrange vibrato dans la poitrine.

Un accès de fièvre sans frais. Je prendrai le prochain métro.

Pierre ignore où l'entraîne sa fuite et n'en n'a que faire. Il divague entre les lames d'une mer nerveuse, peuplée des spectres de sa famille abandonnée en France. Les jours suivant le 3 Mai, il continue de nourrir, épisodiquement, son cahier jaune et bleu. Quand il se lance, ses phrases, brèves, expéditives, se succèdent les unes aux autres sans lien évident, tantôt énigmatiques, tantôt résolument sombres. Il n'y est plus jamais question de pirates, de désir de révolte, de stratagèmes, ni même de haine. Les pages de son journal ne sont plus qu'une photocopie de ses humeurs, de sa désespérance. De ses petites joies éphémères aussi. Ses regrets, même périmés de longue date, s'y bousculent en vrac, entrecoupés par des enchantements inattendus lorsqu'Iloë se prend à surfer sur la houle malgré son physique pataud de baroudeur hauturier. Rien d'autre que le déchaînement du ciel n'aurait pu mettre un terme à son errance.

Lorsqu'il sort d'un bref sommeil à l'aube du lundi 26 Mai, il découvre un horizon noirci que rien ne laissait présager – sauf les bulletins météo, qu'il ne consulte plus depuis des lustres. Tandis que le jour semblait émerger tranquillement une petite heure plus tôt, le ciel et la mer d'Arafura, quelques deux cents milles au Sud des rives de Papouasie, se confondent maintenant dans une obscurité invraisemblable. Quelqu'un a-t-il éteint la lumière ? Pour s'accorder à ce panorama lugubre, le vent, assez vif durant la nuit, s'est tu complètement. Les oiseaux ont déserté le ciel. Le silence est brutal. Avant même de relever la chute vertigineuse de son baromètre pour la consigner au journal de bord, Pierre sait qu'un phénomène exceptionnel se construit autour de lui. Il préparera son café plus tard. Il faut réduire la toile sans délai, amarrer fermement ce qui peut l'être. Et s'apprêter à une rude bagarre. Cette perspective le met en joie. Enfin un objectif !

Ca-va-secouer-mais-on-est-prêt.

Un nouveau leitmotiv, comme un encouragement à l'adresse de son voilier. Cela faisait des jours que ses T.O.C. l'avaient abandonné, ou qu'il n'éprouvait plus le besoin d'en laisser une trace dans son cahier. Profitant des derniers instants de calme pour décrire les prémisses d'une journée qui s'annonce spéciale, il décide de consigner cette rengaine éphémère. Elle ne survivra pas longtemps à la violence de la tempête qui s'avance ; vite remplacée, vite oubliée. Ca-va-secouer…

Mon frère a un appétit d'anchois depuis plusieurs

semaines. Son régime alimentaire se résume pour l'essentiel à du café et un peu de riz sans accompagnement. Très amaigri, il sait impératif de reconstituer des réserves d'énergie ; ce matin, gâteaux et fruits secs sont au menu du petit déjeuner. Pierre les ingurgite avec un plaisir inattendu. Pour les prochaines heures, qui devraient être sportives, sept paquets encore intacts de barres caloriques resteront à portée de main. Ca-va-secouer-mais-on-est-prêt.

Vers 7h30, le ciel commence à se mettre en mouvement, lourdement, puis le vent du Nord Est déboule d'un coup sur une mer encore étale. Un triangle de toile ridicule en guise de grand voile et le tourmentin à l'avant suffisent à propulser Iloë à douze nœuds dans les rafales. Sous une pluie de plus en plus épaisse, Pierre s'accroche à la barre, entre jubilation et appréhension. Il sait que la partie de plaisir va irrésistiblement se transformer en enfer. Il tient son cap et ses embryons de voiles, savoure les accélérations flegmatiques de son bateau, l'indifférence avec laquelle celui-ci encaisse les soubresauts du vent. Il scrute aussi avec inquiétude le sertissage du hauban[10] bâbord, dont il néglige depuis des semaines les signes de faiblesse de plus en plus criants. Il soulage comme il peut le câble fatigué en le laissant sous le vent, espère que le matériel tiendra bon jusqu'à la fin du coup de tabac. Ensuite, il fera jour, peut-être.

En milieu d'après-midi, dans le déchaînement et la noirceur effrayante des grains qui se succèdent, une houle démesurée s'est levée. La situation se corse. Des hordes de vagues géantes, écumantes, battent la poupe et les flancs du voilier. Mon frère n'a jamais navigué seul au milieu de telles montagnes liquides. Quant à Iloë le débonnaire, il commence à manquer singulièrement de souffle, et de vitesse ; il se cabre puis trébuche sur les crêtes, vertigineuses, s'écrase sur le ventre

---

[10] Haubans : câbles placés de chaque côté du mât et maintenant ce dernier en position verticale.

dans un fracas infernal ou plonge en piqué de l'étrave au pied de mât, laissant ensuite une marée blanche submerger le cockpit. Pierre passe un mousqueton dans la ligne de vie, s'agrippe à la barre et encaisse impassiblement les coups sous sa combinaison hermétique.

Lorsque, l'obscurité du soir succédant à celle du jour, des vagues de six ou huit mètres commencent à le rattraper en déferlant par le tableau arrière, mon frère sait qu'il ne peut plus rien exiger de son asthmatique monture. Il ne lui reste qu'à déposer les armes, mettre Iloë à la cape[11], s'abriter sous son rouf dérisoire après avoir hermétiquement clos toutes les issues. Et attendre.

Seulement, une retraite se gagne autant qu'une bataille... Il faut d'abord ouvrir le coffre tribord, qui aussitôt s'inonde et se vide au rythme des déferlements, pour en extraire l'ancre flottante. Pierre l'a exhumée ce matin des tréfonds du fouillis ; elle est censée tomber sous ses doigts, mais ce qui est si simple habituellement devient dans ces conditions une aventure. Il retrousse sa manche, glisse la main gauche sous le lourd abattant sans desserrer la droite de la barre, esquive une lame, puis une autre, contrôle de justesse une embardée critique dans l'ascension d'une pente monumentale, revient à ses tâtonnements, exténué, et finit par cramponner la frêle ancre de toile. Tout en essuyant des chocs répétés, fulminants, que son extrême concentration ne lui suffit pas à anticiper, Pierre enroule autour de son poignet un demi-mètre de ligne de mouillage. Sa vie ne tient peut-être plus qu'à ce dérisoire assemblage de nylon, de fil d'acier et de corde, négligemment enveloppé dans un sac plastique de supermarché. L'ancre flottante est son seul joker, sa martingale ; elle est censée maintenir Iloë dans l'axe des vagues. La laisser échapper serait assez inopportun.

Depuis l'aube, Pierre se préparait consciencieusement à

---

[11] Cape : allure utilisée lorsque les conditions ne permettent plus de manœuvrer un bateau, celui-ci étant alors placé nez au vent et aux vagues.

des conditions très hostiles, sans imaginer vraiment un tel déchaînement. Il n'a vécu jusqu'ici qu'une expérience similaire dans sa vie de marin. C'était en équipage. Il est seul aujourd'hui. Par chance, il peut compter sur une combativité subitement recouvrée, une hargne dont il est lui-même stupéfait, le désir soudain de reprendre le contrôle de son destin quand tout l'univers semble s'y opposer. Mais la volonté ne suffira pas. Son esprit, à peine émergé de plusieurs semaines de léthargie, doit aussi retrouver toute sa vivacité. Il faut décider vite ; chaque seconde compte à présent. Jeter l'ancre flottante devant l'étrave pour placer Iloë face à la houle serait idéal. Mais cette option exige une manœuvre insensée sur la plage avant, un numéro d'équilibriste dont le décor hésiterait perpétuellement entre patinoire, centrifugeuse et fosse de plongée. Les chances d'en réchapper sont infimes. Il faut décider, vite. Pierre se tourne vers les derniers lambeaux du pavillon, qui s'agitent piteusement au dessus du tableau arrière. Le mouillage retiendra le voilier par la poupe, le maintenant dos à la lame, dans le sens de la marche.

Le-cul-à-la-vague-Il-faut-tenir-mon-vieux.

Iloë a bien besoin de ces nouveaux encouragements. Pierre aussi. Il s'obstine et, après une série d'essais infructueux, parvient à frapper la ligne de l'ancre sous le mât d'artimon, autour de deux solides taquets. Il n'est pas encore question de la mouiller. Pas avant d'avoir affalé les voiles ! Même si le hauban bâbord, difficile à distinguer dans les embruns, paraît encore tenir bon, mon frère sait que son gréement ne supporterait pas plus de quelques minutes l'opposition entre la poussée du vent et le frein puissant que constitue une ancre flottante.

Comme un dément, un affamé, il bondit sur un taquet situé légèrement en avant du cockpit, libère la drisse qui retient le dernier triangle de grand voile et, dans le même élan, se rue sur celui-ci pour l'empoigner. En s'effondrant, la pincée de centimètres carrés qui vient d'être délivrée se met à claquer furieusement. Il ne faut pas laisser au vent la moindre chance de s'engouffrer dans les plis du textile. Pierre rassemble frénétiquement la toile, l'enveloppe de tout son corps et la ligote illico sur la bôme. A bout de force, il vient à peine d'en finir et s'apprête à reprendre son souffle quand surgit face à lui une sorte de geyser horizontal, foudroyant, irrésistible. Pierre est littéralement projeté contre le balcon arrière, heureusement empêché par son harnais de poursuivre le voyage au delà. Il devait justement reprendre la barre ; l'action paraît avoir devancé sa volonté, comme une téléportation par anticipation. Monsieur Spoke lui-même n'en aurait pas cru ses yeux. Mais mon frère n'a pas le temps de s'étonner de cette expérience singulière ni de s'attarder sur la douleur qui irradie maintenant sa poitrine à chaque respiration. Il profite juste de l'aubaine pour replacer l'étrave dans le droit chemin. Et Iloë, insensiblement ralenti, se remet à cahoter lourdement entre les vagues. Manœuvre réussie.

Pour le tourmentin, tout à l'avant, l'affaire est plus délicate ; quelques instants supplémentaires seront nécessaires. Et Pierre sait le prix de chaque seconde sous un ciel aussi adverse. Il doit d'abord bloquer la barre, jeter l'ancre flottante en arrière, ouvrir un autre taquet sur le rouf. Il faudra alors saisir le moment le plus propice pour se jeter d'un trait au delà du mât, sans se laisser entraver par la ligne de vie, et enfin amener la toile. Il mémorise l'enchaînement des gestes, mesure le danger mais ne le craint pas. Ne rien faire, ou seulement hésiter, le condamnerait. Alors il s'élance.

Les deux premières opérations se déroulent sans entrave. Mais soudain, à l'instant précis où il commence à se détendre pour plonger vers le pied de mât, Pierre est mis en alerte par un phénomène invraisemblable : de concert, Iloë et le vent de Nord Est viennent de stopper leur course débridée ! Perplexe, mon frère se redresse craintivement pour lancer un regard circulaire : un rempart d'écume se dresse et enfle derrière lui, dans un silence improbable, irréel. Retenu comme un chien en laisse par son ancre flottante, happé par cette masse d'eau stupéfiante qui fait obstacle au vent et se prépare paisiblement à s'abattre sur lui, le bateau semble maintenant parti à reculons.

Un réflexe de survie ratatine aussitôt mon frère au fond du cockpit, façon fœtus, les doigts crispés sur une main courante. Pendant deux ou trois secondes interminables, mètre après mètre, le voilier n'en finit pas de s'élever. Dans un état d'éveil extrême, et incrédule à la fois, Pierre a tout le temps de pronostiquer les dégâts. Il ne se trompe pas. Sans surprise, l'impact est terrible. Iloë est totalement immergé. Peut-être a-t-il chaviré. Son skipper se retrouve en apnée dans une eau parfaitement obscure, cerné de crépitements vaporeux. Il s'agrippe toujours, ignore où sont ses jambes. A l'endroit ou à l'envers ? Si cela a encore une signification. Il sent le sel envahir ses paupières et pénétrer sa peau. Son souffle, qu'un réflexe a bloqué au premier contact avec l'eau, attend un nouveau signal pour se ranimer : au mieux une poche d'oxygène permettra à la vie de reprendre son cours, au pire l'asphyxie déclenchera une ultime inspiration qui inondera ses poumons. Toutes ces pensées traversent tranquillement, lentement, son esprit.

Cinq ou dix secondes plus tard, une éternité, l'eau se retire dans un curieux grognement, un long bruit de succion, et l'espace se remplit à nouveau de la brutalité rassurante du vent. Par un enchantement de conte de fée, le ciel se devine plus ou moins au dessus. Il semble que l'aventure doive continuer.

Je n'en ai pas été surpris. Et je n'aurais pas été plus étonné de me noyer. C'était pile ou face, le choix ne m'appartenait pas de toutes façons

Trente secondes de plus sous l'eau, et je ne serais plus là pour y penser. Trente petites secondes.

La pièce aurait pu aussi bien tomber du mauvais côté.

Qu'est ce que je pouvais y changer ? J'ai cru trop longtemps diriger ma vie et celle de quelques autres. Je suis sûr maintenant qu'on peut seulement faire de son mieux pour se tracer un chemin entre des circonstances qu'on ne choisit pas. On essaie, avec plus ou moins de brio, de comprendre la météo, les courants, de repérer les obstacles, pour prendre la BONNE route. A chacun sa BONNE route : la plus rapide, la plus facile, la plus exigeante, la plus belle, la plus confortable, la plus enviée,... Moi, j'ai préféré la plus... Je ne sais pas. La plus merdique peut-être !

Mais je suis encore vivant. Je m'accroche, sûrement par pur instinct, même si je ne peux m'empêcher de penser que ça ne change strictement rien. Une vie, c'est si peu, c'est tellement dérisoire. Un point qui brille une fraction de seconde dans l'infini. J'aurais brillé une demie fraction de seconde, et alors... Comment les gens peuvent-ils se croire si importants ? Ils sont moins que des microbes.

Pierre jette un regard brumeux vers le gréement. Tout semble à peu près en place, sauf le tourmentin, dont il ne reste plus, battant le pont, qu'un infime fragment. Tant mieux, il n'aura pas à le récupérer. Il se penche vers le tableau arrière. La ligne d'ancre et les taquets ont résisté ; ils devraient tenir bon aux prochains chocs. Quant à la barre, qu'il jugeait avoir fermement fixée, elle s'affole étrangement. Mais il serait vain de chercher à l'immobiliser de nouveau : elle ne répondra plus. Iloë a perdu son gouvernail.

Il ne faut plus traîner dehors. Mon frère déverrouille le panneau d'accès au carré, s'engouffre dans l'embrasure et, sans même avoir eu le temps de poser un pied sur les marches, se retrouve à genou sur le teck massif du plancher, un bon mètre soixante plus bas.

Sous des trombes d'eaux douce et salée mélangées, il se hisse le long d'une main courante ruisselante pour parvenir enfin, en s'y reprenant au moins vingt fois, à se claquemurer dans une obscurité assourdissante. Le plancher, inondé, est plus glissant encore que le pont. Pour l'assécher un peu, mon frère doit enfoncer le gros bouton poussoir de la pompe de cale. Il n'a pas besoin d'éclairage pour situer ce dernier. Mais avant que son doigt n'atteigne la cible, une nouvelle salve de secousses, magistrales, le projette de bâbord à tribord entre l'évier et la table à carte. Il parvient finalement à se glisser derrière celle-ci, dans la plus étroite couchette du voilier. La pompe de cale attendra. Il se cramponne aux parois humides, reprend lentement son souffle.

L'acier de la coque vibre, hurle, se déforme aux impacts incessants. Aucun doute cependant, l'acier dans lequel est taillé Iloë est apte à résister aux pires contraintes.

Le-cul-à-la-vague-Il-faut-tenir-mon-vieux.

Une bonne minute s'écoule avant que Pierre ressente toute la douleur qui parcoure sa cuisse gauche. Il glisse une main le long de sa combinaison, déchirée sur une vingtaine de centimètres. Un liquide visqueux s'échappe en se mélangeant à l'eau de mer, omniprésente. Mon frère allume le plafonnier ; les batteries ont par chance tenu le choc. La pompe de cale électrique ne perd rien pour attendre.

Pour mieux éclairer les dégâts, il tend la main gauche et saisit une lampe torche étanche fixée au dessus de son épaule. Le sang coule pour l'instant à flot raisonnable mais la plaie semble sérieuse ; il faut impérativement la dégager pour la nettoyer. Retirer la combinaison est impératif. Une rude épreuve dans ces conditions.

Autant faire un striptease dans une machine à laver en rotation... Il m'a fallu une bonne demi-heure. Peut-être même plus. Pendant tout ce temps, chacun de mes mouvements, volontaire ou pas, était une torture. C'était comme si ma cuisse se déchirait, comme si on m'écartelait.

Quand, enfin dévêtu, Pierre distingue sa blessure, il reste un court moment hébété. Une large feuille d'acier, qu'il identifie bientôt comme un fragment de pale d'éolienne, s'est logée dans sa chair. L'accident a dû se produire lors de son apnée, ou peu avant. Mon frère doit extirper l'objet, désinfecter et recoudre la plaie.

Il se traîne jusqu'à la caisse à pharmacie, qu'il range habituellement dans le cabinet de toilette, sur le bord opposé. Tout y est sens dessus dessous. Les deux petits placards, grand ouverts, vomissent leur contenu dans le lavabo. Les portes battent à se rompre, mais à quoi bon tenter de les refermer ? Ce serait un effort de plus. Un effort superflu. Il y a tant de problèmes plus pressants à régler. Un tube de dentifrice éventré finit de répandre sa pâte bleue dans le tourbillon incessant d'eau de mer où baigne la cuvette des WC. Pierre finit par mettre la main sur la boite blanche, hermétiquement fermée, où se trouve le matériel de première urgence. Puis, péniblement, il reprend la direction de la cabine tribord. Ce parcours de deux mètres tout au plus lui semble une aventure. La cuisse, les côtes, le dos : la douleur ne cesse d'augmenter, ou peut-être mon frère en est-il seulement plus conscient. Mais il n'est pas dans ses habitudes de s'apitoyer sur son sort – en mer moins encore qu'ailleurs. Il s'autorisera tout juste à beugler sans desserrer les mâchoires pendant l'extraction, infiniment douloureuse, du morceau de métal.

Il a d'autant moins de prise sur ce dernier que le sang se met à couler plus abondamment au fil des tentatives. Le dos à peu près en appui contre la paroi mouvante, il doit se résoudre à glisser ses doigts sommairement désinfectés dans la plaie, exercer une traction dans l'axe de la blessure pour ne pas l'aggraver, éponger à l'aide d'un rouleau de gaze, tirer, éponger encore. Quand il est parvenu à ses fins, Pierre saisit un flacon d'alcool à soixante dix degrés et en inonde la plaie, les molaires serrées à en éclater. Il se courbe vers le fond de la cabine, arrache d'un monceau de linge un T-shirt propre, le noue autour de sa cuisse à la manière d'un garrot pour juguler l'hémorragie, prépare l'aiguille et le fil chirurgical.

Comme une récompense de son irrésistible volonté, il trouve miraculeusement le chat de l'aiguille dès le sixième essai. Il ne lui reste plus qu'à se lancer dans une bonne séance de couture, art auquel il s'exerce couramment sur ses voiles mais qu'il n'a encore jamais eu l'occasion d'appliquer à sa propre matière. A la douleur près, presque banale désormais, le travail est finalement comparable. Pierre se réjouit même que la chair soit plus facile à pénétrer que la toile épaisse d'un voilier. La seule difficulté, mais elle de taille, vient des secousses imprévisibles qui le bousculent perpétuellement. Il met près d'une heure à réaliser une vingtaine de points. Puis, exténué, il conclut l'opération en appliquant un bandage serré sur toute la hauteur de sa cuisse, dont la maigreur le saisit pour la toute première fois.

J'ai ouvert un rouleau de bande médicale déjà bien entamé. Je ne sais pas exactement combien il en restait. Peut-être trente ou quarante centimètres. Jamais je n'aurais cru pouvoir envelopper toute ma blessure avec ça ! Pourtant, il y en avait bien assez. Il ne me reste que des moignons de muscles entre les os et la peau.

Le plus surprenant, c'est que je ne me sois jamais senti faible jusqu'ici. Sans les dégâts de cette saloperie en métal, je me tiendrais debout, je me déplacerais, je manœuvrerais sans me sentir diminué. Encore un mystère du corps humain.

Il essuie ses mains ensanglantées et, à la faveur d'une relative accalmie, se lève à la seule force de ses bras pour ne pas solliciter le muscle qu'il vient de raccommoder. Il enfonce le nécessaire à pharmacie dans un rangement profond du carré, capture au passage quelques fruits secs et une bouteille d'eau, actionne enfin la pompe de cale, avant de s'effondrer sur son étroite couchette avec le sentiment plaisant du devoir accompli. Pour peu qu'il résiste aux assauts des vagues et que les vents ne changent pas de direction, Iloë pourra poursuivre sans limite sa dérive vers le Sud Ouest, au-delà même de la mer de Timor et du continent australien. La carte de son GPS n'affiche que de l'eau sur la trajectoire de sa fuite. Pierre à honorablement réussi tout ce qu'un marin doit entreprendre dans ces circonstances. Il ne lui reste plus qu'à attendre, espérer, et soigner ses blessures.

Le-cul-à-la-vague-Il-faut-tenir-mon-vieux. Il laisse ses pensées se diluer dans cette berceuse rugueuse et s'endort, presque serein.

Lorsqu'il se réveille, le visage et le torse tuméfiés comme au gong final d'un match de boxe, il est trois heures du matin. Il n'a déjà plus sommeil. Sa jambe, étendue, emmaillotée dans un fatras de linge, est plus douloureuse que jamais mais ne semble pas avoir essuyé de choc excessif. Il sonde ses flancs. Quelques unes de ses côtes sont probablement fracturées depuis sa récente « téléportation ». Il voudrait rire de ce souvenir fugace mais la douleur le retient.

12

Favell Bank

Combien de temps faudra-t-il attendre, ainsi enfermé ? La patience ne fait certainement pas partie des vertus de mon frère. Mais, curieusement, ces circonstances, que n'importe quel autre être humain jugerait insoutenables et sans issue, ont ressuscité son espérance. Sur la VHF des appels de détresse, lointains, commencent à crépiter. May D..., May Day. Mon frère, lui, n'envisage pas un instant de réclamer du secours. La bataille est loin d'être perdue.

Le-cul-à-la-vague-Il-faut-tenir-mon-vieux.

Certaines secousses sont plus fulgurantes que d'autres. Le 27 Mai, mon frère reprend le journal de bord d'Iloë pour les consigner et les commenter. Il leur attribue une note sur une sorte d'échelle de Richter, qu'il baptise *Echelle de Pierre*. Trois chocs atteignent ce jour là le niveau neuf de l'*Echelle de Pierre*, correspondant à peu près au phénomène qui a été fatal au tourmentin la veille. Du fond de sa cabine, mon frère relève aussi que des « répliques » de niveau six à sept suivent de près les plus violents « séismes », alors que la moyenne s'établit peu en deçà de cinq... Dans une écriture presque indéchiffrable, dont l'amplitude varie à la manière d'un tracé sismographique, il se réjouit bientôt de pouvoir anticiper les plus forts tremblements grâce à la précision de ses observations. Il adopte alors une posture longuement étudiée, et perfectionnée au fil de multiples essais, qui le préserve des coups les plus cinglants. Pour ses courtes séquences de sommeil, Pierre a aussi élaboré une tactique efficace, à base de rembourrages divers, mettant largement à contribution les coussins en skaï des banquettes du carré.

A la lueur du plafonnier, le journal de bord se remplit des souvenirs de combat des dernières heures et de toutes sortes d'informations habituellement dévolues au cahier jaune et bleu. Il semble que ce dernier se soit volatilisé. Ou peut-être les circonstances justifient-elles que mon frère simplifie exceptionnellement sa tâche.

Il y a maintenant plus de trois semaines que nous avons reçu la lettre des Ch'tis. Autant de jours que mes parents multiplient en vain les démarches auprès du ministère des affaires étrangères et des ambassades de France à Jakarta et Kuala Lumpur, sur les deux rives du détroit de Malacca : mon frère est désespérément inconnu des autorités locales. Autant de soirées que mon père a passées les yeux rivés sur son écran d'ordinateur, fouillant méticuleusement chaque site internet consacré à cette région, traquant le moindre indice.

Le mercredi 27 Mai, au hasard de ses divagations numériques, un article australien illustré d'une carte satellite terrifiante attire son attention. Un cyclone tropical s'est formé au Sud de la Mer des Philippines ; il a causé des dégâts considérables en franchissant la Papouasie Nouvelle Guinée et menace les rivages du Nord Est Australien. En mer d'Arafura, plusieurs navires de commerce sont en péril et l'équipage d'un chalutier du Queensland est porté disparu.

Mon père joint ses mains autour de son nez. Son cœur se met à battre plus fort, comme un signal. Il relit l'article plusieurs fois, s'aide d'un traducteur automatique pour s'assurer du sens de chaque mot anglais, scrute fixement l'image satellite, mesure des distances sur Google Earth, mordille la pulpe de son index.

A minuit passé, il se doute que je suis endormi mais tient à me présenter sa nouvelle hypothèse avant toute discussion avec ma mère : Pierre n'a fait qu'un passage éclair dans le détroit de Malacca ; il avait sans doute besoin de revenir à la source de son mal, de s'y recueillir, mais il n'a aucune raison de s'y attarder ; c'est sans doute ce qui explique qu'on ne retrouve sa trace dans aucune administration, aucun registre portuaire ; s'il avait vraiment voulu faire une escale prolongée dans l'archipel indonésien, il aurait cherché à obtenir un visa. Non ?

- Papa, où veux-tu en venir ?

- Il n'y a pas beaucoup d'endroit où Pierre se sente bien, excepté ici ; je pense qu'il est parti pour l'Australie. Cairns, peut-être Sydney. C'est la suite logique de son « pèlerinage ».

Je réfléchis un peu. Son raisonnement est censé ; mon esprit gourd a peu d'arguments à opposer.

- Pourquoi pas. Mais c'est à quelle distance de l'Indonésie ?

- Trois mille milles au plus court pour Cairns. Ca représente une bonne trentaine de jours de navigation, peut-être quarante ou cinquante avec des escales. Il a fait beaucoup plus de chemin pour arriver à Malacca, tu sais.

- Et Sydney ?

- La route directe, par l'Ouest du continent, lui prendrait au moins une semaine de plus. Le triple s'il passe par Cairns, à l'Est, ce qui me paraît le plus probable. A Cairns, il y a la famille d'Erick, et des amis plus proches, je crois. Il ne les a pas vus depuis longtemps. Qu'est ce que tu en penses, toi ?

Je suis circonspect, tant les intentions de Pierre me semblent imprévisibles depuis quelques mois. Aucune interprétation rationnelle n'a jusqu'ici résisté à son mutisme, au peu que nous connaissons de son parcours, à la caricature sincère que nous ont fait de lui les touristes Ch'tis. Mais le nouvel espoir de mon père ne mérite pas d'être découragé.

- Ca tient la route. Tu as demandé au ministère de se mettre sur la piste ?

- Non, tu es le premier à qui j'en parle. Je voulais ton avis.

- Tu as une idée de l'endroit où il peut se trouver en ce moment ? D'après ce que je comprends, il devrait être encore en route, non ?

- C'est tout le problème. Je ne t'ai pas tout dit.

Je me tais, perplexe, et attends la suite. Mon père expire longuement derrière son téléphone.

- J'ai regardé les routes possibles, et la météo.

Encore une respiration. Je m'impatiente.

- Alors, ça donne quoi ?

- Le temps est catastrophique au Nord Est de l'Australie.

- Mais… catastrophique comment ?

- Un cyclone tropical, répond mon père. Des vents de plus de cent vingt kilomètres heure, une mer déchaînée,… Apparemment ce n'est pas très courant à cette époque. La Nouvelle Guinée n'y était pas préparée et une partie de l'île est ravagée.

- OK, mais Pierre doit faire une veille météo. Il s'est sûrement mis à l'abri… Ou bien il a contourné la dépression.

- C'est possible, oui. Malheureusement, je n'en suis pas du tout certain. Si seulement on savait à quelle date il a quitté le détroit de Malacca ! On y verrait plus clair.

A condition qu'il l'ait bien quitté…

Mon père ne semble pas disposé à douter de sa théorie. Il fait une courte pause et poursuit, la voix sombre.

- S'il était déjà arrivé à destination, ou s'il était en vue des côtes australiennes, les observatoires l'auraient signalé. Les australiens sont bien organisés, et ils ont notre avis de recherche. Je crains vraiment que Pierre soit toujours en haute mer, au milieu de ce merdier.

Je marmonne un « Hmmm » perplexe avant de me reprendre :

- Qu'est ce qu'on peut faire d'après toi ?

- Je ne sais pas encore. J'appellerai Farouk, au Quai d'Orsay, demain matin. La marine australienne recherche déjà des bateaux en perdition. Il faudra sans doute lui signaler qu'Iloë risque d'être concerné aussi. N'en parle pas à Maman pour l'instant, d'accord ? Il n'y a rien de certain. Je voudrais d'abord y voir un peu plus clair.

Son raisonnement et ses conclusions sur le parcours de

son fils sont parfaits. Et parfaitement faux. Peu importe à vrai dire car ils débouchent sur une réalité à laquelle je ne crois pas encore pour ma part : mon frère est bel et bien en train de se débattre dans ce « merdier ».

Le 28 Mai à 7h42, heure locale de Java, tandis que je cherche en vain à retrouver un sommeil compromis par les élucubrations nocturnes de mon père, Pierre, qui n'a pas dormi plus de cinq minutes de rang depuis au moins deux jours, est surpris par une déflagration phénoménale. Iloë se couche résolument sur un bord puis l'autre durant une bonne minute, amorce un tonneau puis se rétablit brusquement, provisoirement, à trois reprises. Il semble que le voilier soit charrié par une déferlante géante comme un matelas pneumatique d'enfant dans les rouleaux du rivage landais, comme un skieur dans une avalanche. Bien que n'ayant aucune visibilité sur l'extérieur, mon frère perçoit intensément chaque embardée, chaque trépidation, chaque mètre de la longue dégringolade de son voilier. Et il se dit qu'aucun bateau, même robuste, ne peut résister à un tel fracas, qu'il vit sûrement le dernier tremblement avant l'effondrement de son petit univers. Il n'a pas peur. Il aimerait attribuer une note à ce séisme ultime mais ne parvient pas à se décider : dix, onze, douze ? Du jamais vu depuis l'invention de l'*Echelle de Pierre*...

Depuis la récente immersion dont il a réchappé, il pense souvent à la noyade. Il a tenté de se représenter la souffrance que l'on ressent quand un liquide salé envahit brusquement les poumons, le nez, la gorge. Réflexion faite, il préfère cette fin à la plupart des autres. La mer, au moins, lui est familière. Bien plus que les lits des hôpitaux, les fossés des routes nationales ou les gravats d'immeubles soufflés par des explosions de gaz. C'est sûr, les pages des journaux débordent de fins beaucoup plus pathétiques.

Très étrangement, la sienne n'est toujours pas au programme. Iloë, soldat héroïque, se redresse encore, paré à essuyer les répliques brutales qui suivront immanquablement. Les dégâts sont apparemment minimes. C'est invraisemblable.

Seule la VHF est hors service ; l'antenne a sans doute été arrachée de la tête de mât. Appeler au secours n'est même plus une option désormais.

Le-cul-à-la-vague-Il-faut-tenir-mon-vieux. Et Iloë tient bon. Quel bateau !

Pierre doit impérativement remplacer son pansement. La plaie suinte ; elle n'a pas commencé à cicatriser. L'humidité ambiante n'arrange rien.

Il engloutit d'abord quelques fruits secs et une barre de céréales, boit un peu d'eau. Son réservoir d'eau potable est encore plein aux deux tiers. Deux cent litres, c'est beaucoup plus que nécessaire. S'il survit à la tempête, il aura tout le temps d'utiliser son récupérateur d'eau de pluie.

Il survivra, il en est presque sûr maintenant.

La journée est désespérante. Lové dans la pénombre d'une cabine étriquée, impuissant, bousculé, bastonné, il souffre en silence, écrit un peu, s'interroge de plus en plus sérieusement sur l'intérêt de ce combat. Ce sera le dernier quelle qu'en soit l'issue. Quel projet pourrait-il bien faire s'il en sort indemne comme il le suppose ? N'en déplaise à notre père, la perspective d'un séjour en Australie ne l'effleure pas. Là-bas pas plus qu'ailleurs il ne compte affronter ses souvenirs. Il ne tient pas à y ranimer un passé qui, depuis quelques semaines, semble avoir renoncé à le hanter.

Les fantômes d'Avu Bay se sont dissipés. Oubliés. Eux aussi ont fini par l'abandonner. Comme Erick, Elsa, ses amis. De ses complicités révolues, des heures glorieuses et des heures noires d'Ellister, il ne lui reste presque rien. Juste un spleen insistant, l'intuition confuse d'arriver au bout d'une impasse sans possibilité de retour.

Je me demande bien pourquoi je tiens tellement à rester en vie, pourquoi je m'accroche comme ça. Ce serait si facile d'arrêter le film, de tirer la bonde. Tout évacuer d'un trait. Ca ne doit pas être mon trip, ou pas le moment.

Au cours de la nuit qui suit, peut être au matin du 29 Mai – le jour et la nuit finissent par se confondre dans cette routine de chocs, d'humidité saline et d'obscurité –, une, mauvaise surprise le réveille : comme si la douleur et l'enfermement ne suffisaient pas, la fièvre le gagne. Il plonge encore une fois sa main dans la trousse à pharmacie, avale un Doliprane et un anti-inflammatoire, désinfecte sa plaie, prépare un nouveau pansement. Il ne peut rien faire de plus.

Mon frère l'ignore, mais un événement plus favorable se produit le même jour peu après midi. Un avion civil affrété par les forces aéronavales australiennes surgit quelques dizaines de mètres seulement au dessus d'Iloë, reprend un peu d'altitude, vire sur son aile gauche, puis fait un second passage. La position du voilier est enregistrée. Calfeutré dans ses coussins, le front incandescent, Pierre n'a rien entendu des grondements du bimoteur.

Par quel prodige le pilote a-t-il pu repérer l'infime tache grisâtre que forme Iloë dans cette immensité d'écume ? L'alerte lancée la veille par les autorités françaises ne donnait aucune précision susceptible de le guider. Le message, d'une prudence diplomatique, ne se risquait d'ailleurs pas à affirmer que le voilier se trouvait dans les eaux territoriales australiennes ; aucun indice concret n'aurait permis de déclencher des recherches ciblées.

La découverte d'Iloë n'est pourtant pas tout à fait un hasard. En survolant les eaux du Nord Est à partir de Melville Island, ce n'est pas un voilier qu'espèrent dénicher les australiens. Les sauveteurs, et toute la nation avec eux, ont pour seule obsession de récupérer Ken Hilow, un célèbre champion de surf et aventurier de trente sept ans, qu'une curieuse pulsion a poussé deux jours auparavant à escalader les vagues en pleine tempête, sur son kayak de mer jaune et rouge. L'escapade lui sera fatale. Médiocre consolation, son sacrifice aura permis la découverte d'un obscur équipier frenchie du regretté Erick

Blade, autre grande star nationale. Dans quelques heures, les journaux consacreront un entrefilet à cette anecdote.

Un soleil radieux vient tout juste de se lever sur le Tarn-et-Garonne. Toujours matinale, ma mère se prépare déjà à rejoindre son cabinet d'architecte, la mine grise. Mon père émerge péniblement d'une nuit brève et se rue déjà sur sa messagerie. Rien d'autre que deux ou trois spams. Son regard se hasarde ensuite sur les fenêtres d'actualité marine qui s'étalent sur l'écran de son ordinateur. Quelques nouvelles de la dépression : elle se déplace vers l'Ouest en s'affaiblissant un peu. Plus bas, derrière l'inscription « Skynews.com.au, 02:01 PM », l'amorce d'une brève en anglais que mon père, encore mal réveillé, comprend à peine. Le nom d'une île qu'il ne connaît pas. Puis deux mots, « french sailboat », lui expédient une sorte de décharge électrique. Derrière ce lien interactif en lettres anodines se cache une nouvelle qui pourrait bouleverser sa vie et celle de sa famille. Le sort de son fils est peut-être là, au bout de sa souris. Son index, tétanisé, ne parvient pas à cliquer.

Pierre, du fond de sa cabine, consulte épisodiquement le parcours d'Iloë sur l'écran de son GPS portable. Il y distingue les contours de Melville Island, distante de quatre vingt milles seulement, et les rives du Northern Territory australien qui sont à peine plus éloignées. La direction du vent étant jusqu'ici d'une stabilité confondante, le voilier devrait rester à bonne distance de ces terres : à perte de vue, aucun rivage, aucun récif connu ne menace de se mettre en travers de sa route. Cette dernière, à peu près rectiligne depuis le début du cyclone, le conduit entre le chapelet des îles indonésiennes et le continent australien vers des eaux assurément plus paisibles. Mais il faudra patienter quelques jours encore. Le matériel, le physique, le moral, tout doit tenir bon. Le-cul-à-la-vague-Il-faut-tenir-mon-vieux.

Ma mère vient de refermer la lourde porte d'entrée derrière elle, laissant son mari à ses perpétuelles recherches. Lui ne rejoindra le lycée et ses élèves de sciences physiques qu'en fin de matinée. Seul dans le silence de la maison vide, il trouve enfin le courage de plonger dans l'article, comme il se jetterait au fond d'un canyon un élastique aux pieds. Sa respiration s'accélère, des vagues de sang percutent ses tempes.

Il lit, s'irrite de ne pas comprendre tous les mots, essaie de mieux se concentrer, actionne fébrilement son traducteur, relit la version anglaise pour s'assurer qu'il ne fait pas de contresens.

A 13h07, heure de Canberra, un voilier de plaisance d'une dizaine de mètres a été repéré par une patrouille aérienne environ cent miles au large de la pointe Nord de l'Australie. Le bateau, qui paraît ne pas avoir subi d'avarie, est à la dérive et aucun signe de vie à bord n'a pu être détecté. D'après les clichés en cours d'analyse, il battrait pavillon français. La marine australienne ne donne pour l'instant aucun détail sur l'identité de l'équipage.

A la dérive. Aucun signe de vie. Mon père est plus nerveux que jamais. Que faut-il penser ? S'agit-il d'Iloë ? Il en est convaincu ; cela confirme simplement la pertinence de ses dernières réflexions. Pierre s'est-il réfugié à l'intérieur de son bateau ? Si c'est le cas, c'est qu'il doit attendre du secours. Pourquoi alors ne s'est-il pas manifesté au passage de l'avion ? Peut-être, du fond de sa cabine, ne l'a-t-il tout simplement pas vu ni entendu. Peut-être est-il blessé, incapable de se mouvoir. Et s'il n'était plus à bord... Non, il ne faut pas s'autoriser à y penser.

Enfouie dans le siège défoncé de son antique coupé Peugeot 504 bleu - une auto pour laquelle elle a eu un coup de foudre il y a plus de trente ans et qu'elle ne changerait pour rien au monde -, ma mère est déjà presque arrivée à son bureau lorsque le numéro de la maison s'affiche sur son téléphone portable. La circulation est dense ce matin. Elle a emprunté son « rallongi », le parcours tortueux qui lui permet habituellement de contourner les bouchons de l'entrée de Montauban ; elle et sa mécanique désuète le supportent mal dès que le soleil commence à peser sur les carrosseries. Elle saisit son oreillette, agacée. Sans doute une question anodine que son mari aurait pu lui poser quelques minutes plus tôt de vive voix. Il ne trouve pas la boite de chocolat en poudre, ou se demande s'il doit mettre en route le lave-vaisselle.

- Oui ?

- On a peut-être retrouvé le bateau de Pierre. Je n'en sais pas plus pour l'instant mais il faut que tu reviennes.

Elle écrase la pédale de freins, se lance hardiment dans un demi-tour sous les klaxons stupéfaits de la voiture qu'elle précédait, et se retrouve bientôt devant l'écran de l'ordinateur familial.

Yves Farouk, le contact de mes parents au ministère ne répond pas. Son assistante non plus. Quand arriveront-ils enfin ?

Tandis que mon père réserve sur internet trois billets d'avion pour Darwin, ma mère compose mon numéro. Je suis sur le point de quitter mon appartement pour rejoindre deux camarades de fac avec qui je prépare un mémoire lorsque la musique de mon téléphone me surprend à mon tour. Je cherche l'appareil au fond des poches de ma veste tandis qu'il joue « Delivery » des Babyshambles. Le son est beaucoup trop fort ; j'ai du modifier les réglages sans m'en apercevoir. A peine ai-je décroché que ma mère me résume les dernières nouvelles, me propose un voyage impromptu en Australie et me donne ses instructions, précises. Départ imminent. Elle n'évoque pas Elsa. Nous partirons tous les trois. Nous nous retrouverons à l'aéroport à 12h30 pour un décollage prévu à 13h45. Toulouse-Paris-Londres-Singapour-Darwin. Vingt cinq heures de trajet, correspondances comprises. Sauf bien sûr si nous étions informés entre temps que le bateau signalé n'est pas celui que nous espérons…

Ce doute est vite levé ; une photographie en noir et blanc d'Iloë, assez nette mais sans relief, circule dix minutes plus tard sur internet. En bas à droite sont incrustées la date et l'heure locale de la prise de vue (2008-05-29 12:37 PM). La hauteur des vagues n'est pas perceptible sur l'image ; seul le halo d'écume qui entoure le ketch laisse deviner leur violence.

Peu avant la fin de matinée, l'ambassade de France à Canberra appelle mon père. L'opération de sauvetage est imminente. Nos valises sont prêtes. Le Quai d'Orsay se charge des formalités d'entrée en Australie.

Malgré les médicaments, la température de Pierre ne descend pas en dessous de 38,5 degrés. A première vue, sa blessure est propre et correctement suturée, mais l'atmosphère viciée de la cabine, trop hermétiquement fermée, semble un sérieux obstacle à la guérison. La fièvre, assortie d'un régime alimentaire indigent et d'un cruel manque de sommeil, tient mon frère dans un état d'abattement extrême. Mais sa lucidité n'en est pas trop affectée. Il va pouvoir savourer l'ultime acrobatie d'Iloë lorsque, probablement levée par les hauts fonds de Favell Bank, une lame géante hisse la poupe du voilier jusqu'à la verticale de l'étrave puis catapulte ce dernier cul par dessus tête comme une vulgaire pirogue de bambou. Spectateur de son propre film, bizarrement agrippé au décor, il discerne tout le fracas du gréement qui se brise en dessous et, au dessus, le lourd déferlement de la vague sur le ventre chaviré d'Iloë. Il attend patiemment, enlisé dans ses coussins, que cessent ces secondes qui n'en finissent pas et se prépare sans peur à un bilan désastreux. Ou peut-être pire. Il se dit qu'on ne peut pas réchapper de tous les périls, qu'il a déjà eu sa dose de chance, qu'Iloë a tenu jusqu'ici bien plus que ce qu'il promettait. Il se rappelle aussi que la mer est imprévisible, qu'on ne l'a jamais vaincue même lorsqu'elle feint de s'apaiser. Ce coup du sort était inattendu. Mon frère n'a pas relevé un seul « séisme » majeur au cours des dernières heures. Il commençait à envisager de prendre l'air, bientôt, de quitter le confinement où sa jambe finirait par pourrir. Et le voici soudain plus cloîtré que jamais, prisonnier d'un bateau sens dessus dessous, prêt à sombrer peut-être.

Non, Iloë est résolu à ne jamais abdiquer ! D'une vague à l'autre, il se redresse, graduellement, obstinément. De l'eau salée se répand partout sur le plancher et les parois, suinte à travers le vaigrage[12] de la cabine. Le bateau fait eau de toutes parts mais flotte encore. Sur le pont, les chocs et les grincements de ce qu'il reste de gréement n'ont pas cessé. Pierre sait qu'il doit reprendre l'initiative, sortir daredare de son fauteuil de spectateur pour gagner le pont et, avant même de lever les yeux, avant de songer à évaluer les dégâts, sectionner les haubans pour délivrer les moignons de mât et de bôme dont les coups de boutoir finiraient par venir à bout du voilier. Il écarte les coussins, enclenche la pompe de cale qui, miraculeusement, se met à bourdonner comme au premier jour, extrait de sa caisse à outils un coupe-câble, se hisse douloureusement, déverrouille le panneau de descente sous un ciel presque clair. Les narines grandes ouvertes, il rampe vers la base du hauban tribord en laissant le vent remplir ses poumons jusqu'à l'éclatement. Il avait presque oublié le goût de l'air.

La hauteur des vagues n'est pas si impressionnante, bien moins en tout cas que lors de ses dernières manœuvres, trois jours plus tôt.

Etonnamment, le hauban tribord, qui ne donnait aucun signe visible de faiblesse, est le seul à n'avoir pas supporté le choc. C'est donc vers bâbord que Pierre doit diriger sa cisaille. Puis il faut se glisser sur la plage avant, en s'agrippant aux chandeliers encore valides, pour couper l'étai. Ce dernier retient contre la coque une bonne partie du mât principal, brisé au tiers de sa hauteur. Pierre trouve encore la force de pousser par dessus bord les derniers débris d'espar et les câbles enchevêtrés puis, en étendant sa jambe blessée, se cale dans le cockpit pour un état des lieux exhaustif. La ligne de l'ancre flottante s'est rompue et ce qu'il en reste semble enchevêtré autour de la quille et, sûrement, de l'arbre d'hélice ; le bateau roule et tangue dans le plus grand désordre, encaisse sur son travers la percussion des lames qui déferlent, rafraîchissantes, en inondant le cockpit. Moins sauvages d'heure en heure, elles restent puissantes néanmoins. Pour remettre approximativement l'étrave dans le sens des vagues, un traînard[13] mouillé derrière la poupe du

---

[12] Vaigrage : revêtement couvrant les parois et le plafond d'un bateau.

voilier fera l'affaire. Mon frère se dit qu'il aurait dû adopter cette solution deux jours plus tôt. Sans le bridage excessif d'une ancre flottante, le voilier aurait peut-être mieux surmonté l'épreuve de Favell Bank. Peut-être. Ce genre d'expérience ne s'acquière pas dans les régates côtières, ni même dans les courses océaniques.

Entre deux aspersions, Pierre respire à pleins poumons l'air limpide qui déferle du Nord Est.

Son mât d'artimon tient debout, c'est une chance : il pourra hisser un peu de toile dès que la tempête aura cessé et, avec un gouvernail de fortune, gagner un port sans l'aide du moteur pour y remettre en état son bateau. Car si, comme il le redoute, le filin de l'ancre flottante est pris dans l'hélice, il ne faudra compter que sur le vent.

Pas un instant mon frère ne songe à demander du secours.

La priorité est pour l'heure de colmater les deux panneaux de pont en Plexiglas, éventrés, par lesquels s'engouffrent des paquets de mer. Pour une réparation de fortune, un large rouleau de bande adhésive noire fera parfaitement l'affaire. Peu importe s'il finit d'assombrir le carré ; la nuit commence déjà à tomber. Il faut aussi se préoccuper des batteries dédiées aux appareils du bord. Elles donnent de très sérieux signes de faiblesse. L'éolienne s'est envolée et les panneaux solaires, baignés dans une demi-obscurité permanente, ne fournissent pas assez d'énergie. Le moteur pourrait les suppléer, mais le compartiment qui l'abrite est en partie inondé et il n'est pas question de le démarrer dans un tel chaos. Pierre sait qu'il est vital d'économiser l'énergie pour assurer l'alimentation du GPS. Il doit pouvoir compter sur ce dernier pour éviter les hauts fonds, auxquels il n'a pas été assez attentif jusque là, car il n'a embarqué aucune carte côtière détaillée du Nord australien.

Une nuit profonde et mate enveloppe l'horizon. Les yeux

---

[13] Traînard : longue amarre permettant de maintenir un voilier en fuite dans l'axe des vagues.

brûlants de fièvre, mon frère est assis sur le plancher du carré, cherchant à esquiver les coups, à protéger sa cuisse. Dans la lueur des diodes de sa lampe frontale, il n'en finit pas d'évacuer à la pompe à main l'eau qui suinte le long des boulons de quille depuis la dernière pirouette d'Iloë.

Encore cette question : qu'est ce qui le pousse à lutter encore ? Son sens inné de la compétition, sa haine viscérale de la défaite ? Le plaisir qu'il a toujours pris à résoudre les problèmes insolubles, et qui aurait pu faire de lui un as des mathématiques si l'appel du large avait été moins irrépressible ? Ou bien, tout simplement, un instinct de survie animal.

Tandis qu'il pompe comme un Shadock, ignorant où le mènent ses efforts, craignant confusément qu'une nouvelle épreuve ne se trame dans l'obscurité, le souvenir d'un sale bonhomme s'invite dans la confusion de ses pensées. Ce n'est pas vers les pirates que l'entraîne l'absurdité de sa situation. Les pirates sont à des années lumière. Il se rappelle le dirigeant vaniteux d'une entreprise de meubles qui a soutenu Ellister pendant un peu moins d'une saison. Robert Sowel, cet australien aux cheveux blancs épars, au nez charnu et aux rides profondes, se présentait comme un sportif accompli malgré sa bedaine et son double menton. A chacune de ses visites, il prétendait avoir un avis éclairé sur tout, particulièrement sur les sujets qu'il ne connaissait pas. A bout de patience, Erick Blade lui-même avait fini par renvoyer le mécène importun dans ses bureaux cossus de Melbourne, avec ses trop chers dollars. La décision s'était imposée à Erick, comme à tout l'équipage d'Ellister, en dépit de ses inévitables conséquences financières et sportives. Sowel était aussi brutal avec ses collaborateurs qu'affable avec le propriétaire de l'entreprise, un jeune héritier discret qui l'accompagnait parfois. Il scandait des banalités sur un ton professoral, déroulait de longs chapelets de lieux communs en exigeant l'attention de son auditoire comme s'il tenait conférence. La plupart de ses phrases étaient ponctuées par « il n'y a pas de problème, il n'y a que des solutions ». En songeant à ce poncif, Pierre se dit que l'homme se trompait décidemment sur tout :

Sur ce bout d'océan grand comme France, je ne vois plus l'ombre d'une solution, seulement des emmerdes de plus en plus énormes qui s'enchaînent. Ca fait un moment que j'ai dépassé ma limite, c'est évident.

Est-ce que Sowel oserait encore répéter son axiome débile s'il était avec moi dans ce chaos (en supposant que je survivrais à sa présence, la pire catastrophe imaginable) ? A quel mauvais coup du sort ce vieux prétentieux aurait-il arrêté de jouer les donneurs de leçons ? Je parierais cher qu'une heure ici, une seule petite heure de cette poisse, le transformerait en modèle de sincérité et d'humilité !

A vrai dire, moi aussi, j'avais peut-être de besoin d'une bonne leçon d'humilité… Sans doute la dernière leçon.

Il-n-y-a-pas-de-solution-Il-n-y-a-que-des-problèmes :   la nouvelle maxime de mon frère l'enfonce un peu plus dans le doute.

A 22h34, il saisit une bouteille d'eau, avale un Doliprane puis se lance dans le résumé précis des mésaventures du 29 Mai, jusqu'aux dernières :

La mer se calme. Sans cette voie d'eau, dont le débit ne cesse de croître, je crois que je pourrais enfin dormir vraiment. Mais il n'est pas question d'arrêter de pomper plus de vingt minutes !

Le dessin maladroit d'un ketch à demi englouti, amputé de son mât principal mais battant ostensiblement pavillon français – noir, blanc, gris - contourne le texte et le traverse parfois. Le voilier y est cerné de lames disproportionnées qui, dans leur élan, déferlent sur les mots. L'une d'elles est prolongée d'un visage de femme que je ne saurais attribuer. Peut-être, mais c'est une interprétation trop facile, un vague mélange de ma mère et d'Elsa. A droite du dessin, un dauphin jaillit d'un tourbillon nerveux et pointe vers le portrait un museau rieur, ou ironique.

Pierre referme son journal de bord sur un trait plus sombre que les lignes qui le précèdent :

Mon bateau, mes putains de souvenirs et moi, nous n'en finissions pas de sombrer, solidement amarrés les uns aux autres.

Allongé sur le plancher pour être certain d'être alerté par la montée de l'eau si sa montre défaillait, alternant avec les séances de pompage de brèves séquences de sommeil, Pierre finit tout de même par trouver un peu de repos. Mais son moral reste en berne. Le lendemain, il reprend furtivement son journal, pour la toute dernière fois :

30/05/2008 – 12h10. Mais qu'est-ce que je fous ici ? Qu'est ce qui pousse les humains à se mettre en danger pour des projets absurdes, alors qu'ils pourraient passer leurs journées à se vautrer sous le soleil comme la plupart des autres animaux ? Quelle hormone, quel instinct, quelle folie ?

Derniers mots, dernières interrogations. Il va pomper encore jusqu'au lendemain matin, dormir un peu, gamberger sans doute, tenir, lâcher prise – il-n-y-a-pas-de-solution-Il-n-y-a-que-des-problèmes –, revenir.

Le 31 Mai au petit matin, calé dans le cockpit depuis l'aurore, Pierre aère sa cicatrice, sa tignasse crasseuse et sa barbe épaisse. Il apaise au grand air sa fièvre, que la nuit a déjà un peu atténuée, scrute l'horizon avec insouciance. Il a cessé de pomper. Réalise-t-il vraiment que l'eau envahit lentement les cales d'Iloë, que le ketch s'enfonce inexorablement ? Qu'a-t-il en tête ? Son moral est presque bon, en tout cas meilleur que dans l'obscurité du soir. Je ne saurais dire si mon frère espère atteindre ainsi le rivage australien, si, à bout de force, il a dû malgré lui renoncer à pomper, ou s'il s'est finalement résigné à *tirer la bonde pour en finir* comme il l'avait envisagé sans conviction la veille. Je doute que Pierre lui-même ne l'ait jamais su.

Le voilier poursuit sa dérive, toujours plus lourdement, peine à étaler la houle et les rafales, qui pourtant s'affaiblissent, hésite de plus en plus devant l'obstacle, comme un cheval trop gras. Le cul à la vague… Combien de temps le valeureux Iloë a-t-il tenu ? Dans quel abîme a-t-il fini par sombrer ? Sur quels récifs, au creux de quelle fosse son ventre généreux repose-t-il aujourd'hui ? Nul ne le sait.

A 7h52, le rotor d'un hélicoptère de la Navy commence à palpiter sourdement au loin. Pierre lève les yeux avec détachement, sûr que la silhouette grise qu'il finit par distinguer va prolonger sa trajectoire vers l'Ouest pour une mission de sauvetage précisément ciblée. La tempête a dû faire des ravages dans la flotte marchande et parmi les pêcheurs. Des dizaines de navires ont vraisemblablement émis un signal de détresse et ce sont naturellement leurs coordonnées qui sont inscrites sur la feuille de vol de l'aéronef.

Comment pourrait-il imaginer que l'imposant Sea King MK50, capable de transporter un bataillon au complet, n'est ici que pour le secourir, lui qui n'a sollicité ni n'attend personne ? Qui aurait pu signaler sa position ? Qui se préoccuperait d'un inconnu sur un bateau sans valeur ni cargaison ?

C'est pourtant sur lui que fond résolument l'appareil. C'est à sa verticale que ce dernier interrompt son vol pour s'orienter face au vent, paré à la manœuvre d'hélitreuillage. Iloë est sa première cible aujourd'hui. La Navy aurait même pu jaillir vingt quatre heures plus tôt si des pannes mécaniques multiples, conjuguées à une avalanche d'appels de détresse, n'avaient chamboulé le programme d'interventions de l'escadron basé à Darwin. Le cas d'Iloë n'avait pas été jugé suffisamment critique pour mériter un rang plus élevé dans l'ordre des priorités.

Suspendu à un filin, un homme en combinaison orange se pose en douceur sur la plage avant. Il rejoint instantanément le cockpit, d'un pas sûr en dépit du roulis. En s'accroupissant sur sa jambe valide, mon frère plante dans le visage déterminé de son hôte un regard médusé, incrédule. Le poil abondant et la silhouette émaciée d'un Robinson Crusoé, il est loin du sportif décrit au briefing, mais cela n'ébranle pas la concentration du militaire. Dans le vacarme et le souffle du rotor, étrangement mêlés à ceux du vent, l'homme prend des nouvelles du naufragé, s'assure qu'il est seul à bord, entreprend dans la foulée de lui glisser une sangle autour du buste. A cet instant seulement, Pierre réalise enfin qu'il va devoir abandonner son bateau. Un réflexe crispe ses bras décharnés. Il repousse son saint-bernard, se jette sans un mot dans la descente et, le tibia a demi immergé, extrait de la table à cartes quelques effets : le lecteur mp3 dont il a pourtant peu usé durant son voyage, les documents du bateau – mais curieusement pas ses propres papiers –, le cahier jaune et bleu, son journal de bord. Il les enfourne dans un sac étanche, jette un regard circulaire fugace, ajoute à son bagage l'ordinateur portable, ignorant que ce dernier n'a pas résisté aux dernières épreuves, deux livres pris au hasard, son mug favori, puis regagne le cockpit. Alors, le soldat, impassible, inexpressif, reprend méthodiquement son travail. Il serre une boucle autour du torse osseux de mon frère et donne à son équipier le signal de l'hélitreuillage.

Sous leurs pieds, Iloë rétrécit, de plus en plus immobile, sur un champ de mousse sans relief. La porte de l'hélicoptère se ferme, lourde et définitive. Seuls demeurent le souffle grave de la turbine, l'atmosphère tempérée de l'habitacle, les paroles réconfortantes de l'équipage. A bout de force et d'émotions, Pierre s'abandonne aux soins des sauveteurs, comme un enfant perdu à la chaleur d'une famille bienveillante, jusqu'à sombrer dans un sommeil profond.

Cinquante minutes plus tard, ses paupières gonflées s'ouvrent sur Lameroo Beach. Elles s'ouvrent sur nos visages irréels, mi réjouis, mi angoissés, bleuis par le halo ondulant d'un gyrophare. Elles se remplissent d'un peu d'eau salée ; cette fois, ce n'est pas de l'eau de mer. Puis elles se contractent à nouveau dans la lumière trop intense, trop pâle, d'une ambulance.

9h04, le samedi 31 Mai 2008. J'ai cru assister à la deuxième naissance de mon frère aîné.

Ce n'était qu'une illusion.

Epilogue

Debout devant la vitre de la grande salle de réunion, j'aperçois la mer au loin entre deux blocs de béton maculés de fiente de pigeon – ou de mouette. Le cabinet d'audit qui vient de me recruter pour son bureau marseillais croit en moi. Et je dois savoir à quel point je lui en suis redevable. J'attends, dans la pièce la plus imposante, la plus solennelle, mon premier rendez-vous d'intégration avec un « Partner » sympa, bronzé, survitaminé. Il va s'appliquer à me convaincre de la chance prodigieuse qui m'est offerte, m'expliquer combien il va falloir la mériter. Derrière la table ultramoderne de bois exotique, d'acier et de verre teinté, entre une large baie vitrée et des murs bardés de matériel hi-tech, je m'apprête à encaisser son numéro – tellement prévisible –, à acquiescer avec la détermination qui convient, à sourire avec parcimonie, à mettre dans chaque réplique toute la pertinence dont je suis capable. Je vais lui donner le change, le rassurer sur son choix, si déterminant pour son avenir professionnel. Et pour ses primes de fin d'années.

Si Pierre me voyait, il me prendrait en pitié. Tout ce qui lui était le plus étranger est là, sous mes yeux.

Quand, ce soir comme les suivants, je quitterai l'open-space bien après la tombée de la nuit, je retrouverai mon petit appartement du Prado, confortable et déjà convenablement équipé. Anna me rejoindra dans quelques semaines. Avec mes nouveaux amis rencontrés au bureau, nous passerons des soirées plaisantes dans le canapé du salon, à boire et à commenter les événements insignifiants de nos vies prometteuses. Nous sortirons souvent, désinvoltes, pour jouir de notre jeunesse dorée, n'économisant que l'énergie nécessaire à la longue journée de travail du lendemain.

Cela fait deux ans que le parcours d'Iloë s'est achevé. Deux ans depuis les retrouvailles avec mon grand frère à Darwin.

Qu'ai-je retenu des années vécues avec lui, de sa liberté et de sa folie ? Que reste-t-il de toutes les joies partagées dans notre enfance, de nos bagarres innombrables, de nos explorations interdites, de nos coups de gueule, de nos secrets d'adolescents complices ?

Quelques souvenirs et tellement de regrets.

Huit mois après notre pèlerinage familial sur Lameroo Beach, Pierre a disparu à nouveau. Il s'est évanoui en silence, sans laisser cette fois la moindre explication. Pas le plus infime indice, ni même un mensonge auquel se raccrocher.

Pourtant, son existence reprenait en apparence un cours heureux, entre le circuit de Match Racing où son équipage engrangeait les victoires, Elsa dont il semblait plus amoureux que jamais, et nous, sa famille, qui nous présumions son ultime refuge, son radeau de survie.

C'est à croire que nous n'avions rien compris de sa précédente fuite.

Comment ai-je pu me convaincre, moi qui en connaissais tous les secrets, qu'il se relèverait indemne d'une telle dérive, de tant d'épreuves traversées ? Si seulement j'avais voulu entendre la menace à peine voilée sous sa mystérieuse volonté : *quand ce sera le moment, écris ce qui m'est arrivé !*

Mais je suis resté sourd. Je me suis contenté de rester à l'affût, guettant le *moment*, sans doute trop pressé d'en finir avec l'exclusivité écrasante de ses confessions. Tout au plus m'arrivait-il, quelquefois, de céder à mon impatience, de l'interroger, un sourire faussement indifférent aux lèvres. Il répétait alors, invariablement : *tu verras, quand le moment viendra, je n'aurai pas à te le dire.*

Jamais je ne me suis autorisé à deviner la conclusion, trop évidente et trop amère, de cette attente. Pierre savait que je m'y refuserais. Il pouvait sereinement compter sur ma lâcheté.

Ma mère tente de nous consoler, elle et moi, en prétendant que personne n'aurait pu changer quoi que soit à la douleur ni aux projets de son fils. Mon père tait le dégoût que lui inspire mon silence coupable des derniers mois. Je le sais, il aurait *peut-être* suffi, pour éviter tant de douleur, que je consacre à mon frère autant d'attention qu'à ma future carrière. Je dois désormais vivre avec ce *peut-être*, et quelques autres encore.

Que reste-t-il de Pierre aujourd'hui ? Un vieux sac de toile bleue délavée, quelques vêtements impeccablement rangés dans le placard de sa chambre d'adolescent, le carnet de bord d'un voilier naufragé quelque part au large de l'Australie. Et ce cahier jaune et bleu, gorgé d'histoires insensées, que je viens de refermer une dernière fois.

Elsa ne s'est pas encore relevée de cette deuxième dérobade, trop imprévisible, trop indéchiffrable. Mais je suis sûr qu'elle guérira, plus tard.

Une sorte d'amitié mêlée d'affection familiale a fini par nous rapprocher ; elle et moi passons rarement plus d'une semaine sans échanger des nouvelles. Le lendemain de mon emménagement à Marseille, elle était de passage pour son travail et m'a rendu visite. Nos conversations ont duré toute la nuit.

Nous ne parlons presque plus de Pierre. Nous avons, enfouie en nous, la même sorte d'intuition, la même terreur de l'avoir perdu à jamais.

Seuls mes parents refusent obstinément de capituler. Ils ne cesseront jamais d'espérer, de chercher ses traces, infatigablement, de se préparer à la surprise de son retour. Peut-être ne peut-on pas se résigner à perdre un enfant.

Peut-être, après tant d'épreuves surmontées, ont-ils raison de garder espoir.

Debout devant la vitre de la grande salle de réunion, j'entrevois un fragment d'horizon sous le soleil indolent de Méditerranée. Je m'efforce un instant d'imaginer une rive lointaine où mon frère a gagné le bonheur, dans l'anonymat d'une nouvelle existence. Un exil où Malacca et ses démons, et tout ce à quoi ils auraient pu encore se cramponner ici, et les secrets trop lourds même quand on les a partagés, n'existent plus.

Je voudrais croire qu'il vit enfin en paix même si ma raison, indocile et obstinée, me renvoie comme en écho qu'il a choisi de se perdre en mer.

Tirer la bonde pour en finir. En finir avec *mes putains de souvenirs.*
Sa dernière rengaine?

La porte de la grande salle de réunion s'ouvre dans mon dos. Une nouvelle vie commence. Un parcours déjà tracé, préfabriqué.
Je me dis que fuir est parfois la seule issue. Quelle est donc cette autre rive où mon frère m'attend, *peut-être ?*

Du même auteur :

« Exil, parole de carpe », paru en 2006
aux éditions Labor, collection Grand Espace Nord.

ISBN 2-8040-2363-x
D/2006/258/204

www.ingramcontent.com/pod-product-compliance
Lightning Source LLC
Chambersburg PA
CBHW061242170626
46809CB00007B/2786